Sonya
ソーニャ文庫

みせもの淫戯

山野辺りり

JN167960

イースト・プレス

contents

序章

小夜子《さよこ》は自分に覆い被《かぶ》さる男をぼんやりと見上げていた。

黒い短髪は近くで見ると思いの外《ほか》柔らかそうで、こんな時だというのに、触れてみたいという衝動が沸《わ》き起こる。

昼間ならば日向《ひなた》の匂いがしそうなそれは、今は夜に溶けるような艶《つや》を孕《はら》んで見えた。ふと思い出すのは、生家に余裕があった頃に飼っていた精悍《せいかん》な番犬だ。濡れて光る漆黒《しっこく》の瞳も、父以外には懐かず気性の荒かったあの仔《こ》を彷彿《ほうふつ》とさせ、郷愁《きょうしゅう》を掻き立てる。

そんな脈絡のないことを考えるのは、今小夜子が混乱しているからに他ならない。

背中に感じる布団の感触は生々しいのに、どこか現実感は麻痺《まひ》していた。

――どうして。

何度目か知れない疑問を喉の奥で繰り返し、出てくるのは掠《かす》れた吐息だけ。押さえ付けられた腕が不自由で、無意味に拳《こぶし》を握っては緩《ゆる》める。

「可愛《かわい》い小夜子。僕のために従ってくれるね？」

「……え？」

吐かれた言葉は眼前の男のものではない。

思わず声のした方向へ視線を巡《めぐ》らせれば、咎《とが》めるように小夜子を拘束する男の手に力が籠《こも》る。燃えそうなほどに熱を孕んだそれに痛みを覚え、眉を寄せれば、男の呼吸が乱れたのが分かった。

「……っ」

刹那《せつな》、男の表情が歪《ゆが》む。だがそれはあまりに一瞬で、小夜子が見間違いかと思うほどの早さで掻き消えてしまった。残されたのは、感情を押し殺した陰鬱《いんうつ》な無表情だ。

そんな二人の様子をくすくすと嗤《わら》う声が、少し離れた場所から聞こえる。よく知っている男性のそれには邪気がない。だがそれこそが不自然すぎる。

小夜子はゆっくり瞬《まばた》きをし、必死に状況を把握しようと努めるが、どうにも理解などできなかった。いや、したくなくて心が拒否する。

小夜子は今日、花嫁となった。

没落した子爵令嬢が、成り上がり者に身売りした――と嘲《あざけ》る者は多かったが、小夜子は気にするものかと胸を張った。下らぬ選民意識など腹の足しにもなりはしない。無意味な誇りならば、持っているだけ無駄というものだ。無責任な外野の声に耳を貸す必要などない。

何故なら彼らが小夜子の窮状《きゅうじょう》を救ってくれることはあり得ず、ならば小夜子自身が現状を打破《だは》するより他にないからだ。

そして、彼女が持ち合わせているものの中で唯一価値がありそうなのは、この身分だけだった。それならば、より良い条件で買ってくれる相手へ売るのが当然というもの。

小夜子は、自分を憐れむつもりも、心地よい自嘲に溺れるつもりもなかった。そんな暇があるならば、大切なものを守るために時間を使う方がずっといい。

だからこそ、落ちぶれたと人々の噂の種になるのを覚悟のうえで、叔母が持ち込んだ縁談をありがたく受け入れたのだ。

小夜子の父親、雪野原《ゆきのはら》子爵は商才がないにも拘《かかわ》らず、次々と新たな事業に手を出しては家の財を目減りさせ、今やのっぴきならない状況にまで追い込まれている。良く言えばお人好し、悪く言うなら無知。

致命的なのは、彼がそのことにまったく無自覚であることだ。何度人に騙されても学ぶという発想がなく、財産の大半を喰《く》い潰《つぶ》し、もはや使用人を満足に雇う余裕さえない。それどころか、心臓を患《わずら》っている祖母の治療費もままならない状況だった。周囲の人間は皆、彼から距離を置いていった。

そんな中で、身分は持たずとも、充分な援助を申し出てくれた東雲《しののめ》家に感謝こそすれ蟠《わだかま》りなど抱くはずもない。まして、見合いの場で引き合わされた伊織《いおり》は柔和《にゅうわ》な笑みのよく似合う、端整《たんせい》な顔立ちの男性だった。六つ歳上の彼は、小夜子にとって大層大人の包容力に溢れて見え、軽妙《けいみょう》な会話は彼女の緊張を解《ほぐ》してくれた。

――彼が結婚相手ならば、何の不満もない。きっと幸せになれる。

そう信じ、彼の手を取った。胸の中、微《かす》かに芽生《めば》えていた別の想いは摘《つ》み取って。

「小夜子、お前のために選んだ男は使いものにならなくなってしまったからね。代わりに甲斐《かい》で我慢してくれ」

「伊織、様――？」

「……っ、」

夫の名を呼べば、反応を示したのは彼ではなく、覆い被さる男――甲斐だった。今日、婚姻を結んだ夫とは共通点を探すのは難しいほどにまったく似ていない。

伊織とは腹違いの兄弟で、小夜子にとっては義弟《ぎてい》となるが、甲斐の方が四つ年上となる。黒い髪と瞳、厳しい空気を纏《まと》う男性。小夜子にのし掛かり、逞《たくま》しく男性らしい腕で押さえつけてくる。それでも体重はかけまいとしてくれているのか、重くはなかった。

「甲斐さん……？」

そういえば、飼っていた犬も甲斐犬だった。現実を受け入れまいとする防衛本能が働いたのか、無関係なことを思い出し、何だか可笑《おか》しくなって、小夜子は微笑《ほほえ》んだ。

「……ずいぶん、余裕があるのですね」

低い声が降ってくる。

肉感的な唇が動くのを、小夜子は不思議な心地で見守った。夫とは違う、男性らしく掠れた声音が耳を擽《くすぐ》り、その距離の近さが混乱へ拍車をかける。

「ふふふ……まだ現状が把握できないのだね？　可愛いなぁ小夜子は。やっぱり君を選んで正解だった」

別々の場所から聞こえる二人の男の声に翻弄《ほんろう》され、小夜子は忙《せわ》しなく瞬きを繰り返した。けれども、見える景色が変わることはない。

枕元に座る夫と、自分にのし掛かる義弟。

彼らは何を言っているのだろう？

そもそも、どうしてこの初夜を迎えようとする寝室に、自分を含めた三人の人間がいるのか。

「あ、の――――」

説明を求めて小夜子は首を捻《ひね》り伊織を見上げた。

その先には、優しげな笑みを浮かべた夫が脚を崩《くず》して座っている。白い顔に赤い唇が艶《なま》めかしく、色素の薄い髪が柔らかく彩《いろど》りを添えている。華やかな容姿はやはり甲斐とは似ても似つかない。それでも系統こそ違えど、二人が眼を見張るほどの整った容貌《ようぼう》の持ち主であるのは確かだった。だからこそ、この非日常な状況が殊更《ことさら》に悪夢めいている。

「さっきも言った通り、僕はね、自分で直接女を抱くよりも、好みの女が別の男に穢《けが》されるのを見るのが好きなんだ。だから当然、妻になる女性にもそれは理解してもらわなければならない」

小夜子が好ましいと思っていた笑顔と寸分《すんぶん》変わらないのに、急に伊織が空恐ろしいものへ変じたのを感じる。何を言っているのか、頭が追いつかない。

この状況を見て心底楽しそうに屈託《くったく》なく笑っているのは、本当に自分と結婚の盃《さかずき》を交わした男なのだろうか。穏やかな結婚生活を送れると思ったのは、小夜子の錯覚にすぎなかったのか。

伊織は口角《こうかく》を吊《つ》り上げて、眼を細めた。

「甲斐に抱かれてくれるね？　小夜子」

奈落《ならく》の底が、手招きをしていた。

一章　義弟《ぎてい》

元号《げんごう》が大正に変わり数年。いくつもの百貨店が開店する傍ら、経済には翳《かげ》りが見え始めていた。

身分だけが頼りの者は、皆悉《ことごと》く生活に困窮《こんきゅう》を深めていく——そんな時代。

急遽誂《あつら》えた振袖《ふりそで》は、流行の藤色《ふじいろ》に散った小花模様が清楚《せいそ》で、とてもよく小夜子に似合っていた。今の雪野原家には大層な出費だが、今日のために祖母が無理をして用意してくれたものだ。

それだけに、失敗することはできないと小夜子は気を引き締める。背中を覆う長い黒髪が不安を示すようにふるりと揺れた。

「小夜子、くれぐれも伊織さんに粗相《そそう》のないよう気をつけるのだぞ」

「分かっております。お父様」

小心な父は、朝から落ち着きなく室内を歩き回っている。売れるものはすべて金銭に変えてしまったため、雪野原の屋敷の中は閑散《かんさん》としていた。

小夜子と父親がいる部屋だけではなく、邸内全体が寒々しく、ひと気もほとんどありはしない。最低限の使用人以外はすでに暇を出してしまっているせいで掃除も行き届かず、荒れた印象は拭《ぬぐ》い去れなかった。どうにか体裁《ていさい》を整えているのは、来客の眼を意識した玄関先と応接間くらいのものだ。

「お父様、お座りになられたら」

決して悪人ではないけれど頼りない父親を見ていると、小夜子は自分がしっかりしなくてはといつも思う。泣いて嘆《なげ》いているだけでは、この優しいのが長所でもあり短所でもある家族を支えてはいられない。

「あ、ああ……そうだな。でもそろそろ東雲家からの迎えがくる頃ではないか？」

今日は、雪野原小夜子と東雲伊織の見合いが執《と》り行われる日だった。

紹介してくれた叔母曰く、相手は二十六歳の好青年であるという。もちろん人柄の良い方であれば嬉しいけれど、小夜子は相手がどんな人間であったとしても断るつもりはなかった。

むしろ、向こうから御縁がなかったと告げられる方が怖い。来月分の祖母の薬代を思えば失敗は許されず、何としても結婚へ漕《こ》ぎつけたいのが偽らざる本音だ。

その時、数少ない残った使用人の一人が扉をノックした。

「旦那様、東雲甲斐様がいらっしゃいました」

「おお……甲斐さんがわざわざ……！　伊織さんはずいぶんこの結婚に乗り気ということだな！」

鼻息荒く立ち上がった父親は、慌《あわ》ただしく小夜子を急《せ》き立てた。

――甲斐さんというのは確か東雲家の次男でいらっしゃる方だったはず。そんな方が迎えになんて使用人のような真似事を？

少し奇妙に思ったが、父親の剣幕に押されて小夜子は出迎えに向かう。

玄関に立っていたのは、和服で正装したずいぶん背丈の大きな男性で、短く刈り込んだ髪が精悍さを際立たせていた。

「東雲甲斐と申します。お待たせして申し訳ありません」

「いえいえ、時間通りですよ。こちらこそ、迎えまでしていただいてありがとうございます。私が雪野原恵治《けいじ》です。そしてこちらが娘の小夜子です。ほら、きちんとご挨拶なさい」

「雪野原小夜子と申します」

甲斐と名乗った男は、がっしりとした大きな体躯《たいく》を深々と折り、丁寧なお辞儀をした。

顔立ちは男らしく鋭角的なのに、どこか繊細な造形が不思議な魅力を醸《かも》している。切れ長の瞳は鋭く、一見酷薄にも見えるのに、肉厚の唇が秘められた情熱を表しているように感じられ、漆黒の短髪は華やかさはないが、逆に整った容姿を際立たせていた。

「……っ」

そんな彼の瞳が、ほんの一瞬見開かれる。そして燃えるような視線が小夜子を貫《つらぬ》き、懐かしさとも言える何かが彼女の中に湧《わ》き上がった。

「あの……？」

不躾《ぶしつけ》だと不快には思わなかった。むしろ切実な瞳の熱さに囚われそうになる。

どこかで、その強い眼差しに見覚えがあったような気がしたから。

「……いえ、申し訳ありません。では、ご案内いたします」

そんな二人のやり取りにはまったく気づかなかったのか、父は相変わらずソワソワと浮き足立っている。戸惑う小夜子を置き去りに、結局理由は説明されないまま、甲斐に案内されて小夜子は父親と一緒に車へ乗り込んだ。

――さっきのは、何だったのかしら……

彼は驚いていたように見えた。どこかでお会いしたことでもあったかしら？　と記憶を探るが、あんな特徴的な男性は一度見たら忘れない気がする。そもそも小夜子は、家族以外の異性との接点などほとんどなかった。それなのに小夜子自身、奇妙な既視感《きしかん》のようなものを感じていた。

運転席に座った甲斐は、当然ながら後部座席の小夜子を振り返ることはなく、真っ直ぐ前だけを見ている。そのことが、何故か寂しい。

小夜子はもう一度あの黒い瞳に見つめられたいと考えている自分に驚いた。

――何を馬鹿なことを。この方は、もしかしたら義理の弟になるかもしれないのに……

己の中に、誰かれ構わず異性に興味を持つようなふしだらさが隠れていたと知り、戸惑ってしまう。

初めて会った男性に抱く感情ではない。それも、今後家族になるかもしれない相手に。

誰にも分からぬように細く息をつき、小夜子は毅然《きぜん》と背筋を伸ばした。これから自分は人生最大の決断を迫られているというのに、何を考えているのか。そんな場合ではないだろうと己を律《りっ》しながら窓の外へと視線を巡らせる。

その時、信号で停車した車の横を駆けてゆく子供の姿があった。

それだけならば、よくある光景なので気にもしない。けれど、その後ろを複数の男が怒《ど》声《せい》を上げながら追いかけているとなれば、話は別だ。

「……っ！」

車窓《しゃそう》の隙間から眼で追えば、柄《がら》の悪そうな男たちに捕まえられ、地面へと引き倒される十歳前後の少年がいた。

「この悪餓鬼《わるがき》！　盗んだものを返しやがれ！」

「だから何も盗《と》ってないって言ってるだろ！　俺じゃねぇよ！」

「違うなら逃げる訳がないだろうが！　つまらねぇ嘘つきやがって！」

後ろに手を捻りあげられたうえ髪を摑まれた少年が、男たちに地べたに額《ひたい》を押し付けられているのを見て、小夜子は悲鳴を上げた。

「ひどいわ、あんな小さな子に寄ってたかって……！」

「大方《おおかた》、あの子供が窃盗《せっとう》でも働いたのでしょう。相手が悪かったですね」

温度の感じられない甲斐の声に苛立《いらだ》ち、小夜子は車の扉を開けようと試みた。

「おやめください。危ないですよ」

「でも、あの子はやっていないと……！」

「確かに、あれが実行犯ではないかもしれない。でも、一味であるのは間違いありませんよ」

甲斐の巡らせた視線につられ、小夜子は窓に張り付いて外を窺《うかが》った。すると、少し離れた場所には少年と同年代くらいの子供達が騒ぎの中心を見つめている。どの子供も痩《や》せ細り、そして薄汚れていた。

「孤児でしょう。誰もが、生きるのに必死ですから」

「早く助けてあげないと！」

車の外では、少年が男たちに小突《こづ》かれ蹴られている。

押し殺した悲鳴が痛々しくて、出て行こうとしたが、振り返り片手を伸ばした甲斐に扉を押さえられているため、びくともしない。

「開けてください、甲斐様！」

「それはできません。貴女《あなた》を危険な目に遭わせることは避けなければなりません。それに、自業自得でしょう」

「そん、な……」

なんて冷たいもの言いをするのかと、失望感が胸に巣食う。だが扉に置かれた甲斐の手がきつく握り締められているのに気がついて、小夜子は彼を詰《なじ》る気持ちが萎《しぼ》んでゆくのを感じた。言葉と表情とは裏腹に、その手だけは雄弁に本心を語っている気がする。

「小夜子、大人しくしなさい。甲斐さんの仰《おっしゃ》る通りだ。いちいち気に留めていては際限《さいげん》がないだろう」

「お父様、お願いですから、開けて！　このままじゃあの子が……っ！」

娘を落ち着かせようとする父親の手を振り払い、外へ出ようと足掻《あが》く。車が走り出してしまえば、小夜子にはなす術《すべ》もなくなってしまうから、必死に抵抗した。

事の真偽は分からないけれど、それでも子供が嬲《なぶ》られるのを黙って見ていられるほど、小夜子は冷徹ではいられない。何とか外へ出ようとして力の限り扉を押し、はしたなくも声をあげ続けた。

どれだけの時間押し問答していただろう。少なくとも小夜子の息が上がり始めた頃、甲斐が大きな溜め息をついた。

「……分かりましたよ。でも、貴女はここから一歩も動かないでいただきたい」

「え？」

振り返った彼は、先ほどの冷えた瞳とは打って変わって荒ぶる熱を宿している。その真剣な面持ちは小夜子に首肯《しゅこう》を促した。

「は、はい……」

「いいですね？　絶対ですよ」

言い置いて、脇に寄せた車を降りた甲斐は、余裕を滲《にじ》ませた足取りで男たちに近づいていった。まずは少年に馬乗りになっていた一人の男の肩を叩き、何か言葉を交わしたらしい。だが興奮し切った彼らが簡単に収まるはずはなく、いきり立った男が甲斐の胸倉を摑んだ。

「ひ……っ」

思わず身を竦《すく》ませた小夜子だが、よくよく見れば身長の高い甲斐を持ち上げられずに、むしろ男が見下ろされていた。

「か、甲斐様……っ」

――私はなんて無責任なお願いをしてしまったのだろう。助けたいのならば自分が行くべきなのに、安全な場所からことの成り行きを眺《なが》めているだけ。こんなのは卑怯だ。だが、甲斐との約束を反故にはできない。それに、もしも自分が飛び出したところで、足手まといにしかならないのも理解している。

男が甲斐の大きさに怯《ひる》んだのは、小夜子にも見て取れた。それでも仲間の手前、引くに引けなかったのだろう。大声を上げながら甲斐を突き飛ばす。

「手前《てめ》ぇには関係ないだろう！」

「ああ、無関係だ。それでも、あの人が無視できないと仰るんでな」

攻撃の矛先を変えた男たちが、一斉に甲斐を取り囲む。集まった野次馬もあいまって、小夜子の位置からは彼らが碌《ろく》に見えなくなってしまった。

「……っ!!」

震える手で、扉を開けようかと逡巡《しゅんじゅん》する。

――どうしよう、大声を出せば……いいえ近くの交番に……

そうしているうちに人垣が壊れ、歓声と共に男が転がり出る。頬を押さえてのたうち回るのは、最初に少年を殴った男だった。

怒鳴り声と囃《はや》し立てる声が入り混じり、辺りは騒然となる。大きくなってゆく騒ぎは、残りの男たちが逃げ出したことで収まった。

「甲斐様!!」

堪《こら》えきれなくなった小夜子は乱暴に扉を開けて外へ飛び出し、人の輪の中へと飛び込んだ。まだ立ち去ろうとしない人を押し退けて、何とか前へ進む。漸《よう》く辿り着いた人垣の中心には、少年の服についた土を払ってやっている甲斐がいた。

「これに懲《こ》りたら、もう少しカモを選ぶんだな」

「煩《うるせ》ぇ！　助けてくれなんて頼んでねぇよ！」

「それだけ騒ぐ元気があるのなら、大丈夫だ」

その時、小夜子は初めて甲斐の表情が緩むのを見た。

笑顔とも呼べない淡い変化。けれども確かに、纏う空気が柔らかなものへと傾《かし》ぐ。

「か、甲斐様……」

「ああ、小夜子様。降りてはいけないと言ったじゃないですか」

小夜子に向き直ったときにはもう、甲斐は感情を排《はい》した無表情へと戻ってしまっていた。それがどうにも残念でならない。

「申し訳ありません。でも……」

「貴女に何かあっては困るんです。さ、車に戻ってください」

甲斐に背中を押されながらも小夜子は振り返って少年を見た。多少額が赤くはなっているものの、大きな怪我《けが》はしていないようでほっとする。

「まったく……万が一のことがあったらどうなさるおつもりですか」

「ごめんなさい……」

車の座席に押し込められ、再度甲斐から叱られて小夜子は項垂《うなだ》れた。

反論したかったが、彼をあてにしたうえに勝手な行動をとったのだから仕方ない。けれど、なんだかんだ言いつつも甲斐は小夜子の願いを聞いてくれた。

「ありがとうございました。以後気をつけます」

お礼だけはきちんと伝えねばと扉を閉めようとした甲斐を見やる。その際、彼の唇の端に血が滲んでいるのが目に入った。

「怪我を……！」

「え？　……ああ、ただの擦《す》り傷ですよ。舐《な》めときゃ治ります」

無造作に拳で拭い、甲斐は視線を逸らした。

「黴菌《ばいきん》が入ったらどうされるのですか？　せめてこれを……」

鞄からハンカチーフを取り出した小夜子は、甲斐の唇へ手を伸ばす。けれど、彼が身体を引いたためその手は届くことがなかった。

「結構です。血で汚れますよ」

「洗えばいいだけです。こちらを向いてください」

強引に甲斐の腕を取り、彼が強張《こわば》るのも構わず血を拭き去る。

「……本当にすみませんでした。私のせいですね……」

「別に小夜子様のせいではありません。油断した俺が悪いんですから」

反撃されたのが恥だと言わんばかりに甲斐が吐き捨て、小夜子の手を押し戻す。だがそれは、どこか照れを含んでいるようにも感じられた。

「とにかく、今後は迂闊《うかつ》な行動を控えてくだされば結構です」

「はい……」

「それでも貴女は同じことをするんでしょうけど……」

「え？」

閉じられた扉の外、呟《つぶや》かれた甲斐の言葉は小夜子の耳には届かなかった。再び運転席に戻った甲斐は無言のまま車を走らせ、その背中からは完全に会話を拒絶しているのが伝わってくる。小夜子はしょんぼりと下を向いた。

「まったく、お前は大人しいかと思うと、時々突飛《とっぴ》なことをする……！　何故甲斐さんの言う通り、安全な場所で待っていられないのだ」

「申し訳ありませんお父様……でも、」

「言い訳はききたくないぞ、小夜子！」

珍しく声を荒げた父に反発する気持ちと、心配をかけてしまった申し訳なさで、小夜子は益々俯《うつむ》いた。けれど、心の奥底に安堵《あんど》が広がっている。

——甲斐さんのお兄様ならば、きっと優しい方に違いないわ。不器用だけれど、根本《こんぽん》は親切な方だもの。

僅《わず》かながら、不安が和《やわ》らぐ。甲斐に似ていればいい。小夜子はそんな想いを無意識に抱きつつ、きっと上手くやっていけると未来に希望を馳《は》せることで己を叱咤《しった》した。

そうこうするうちに、車は目的地へと到着していた。甲斐の手により恭《うやうや》しく開かれた扉から小夜子は降り、内心の怯えを押し隠して立派な建物を見上げる。

「兄はまだ到着していないようですが、すぐに参ります。どうぞ、小夜子様」

これまで足を踏み入れたことのない高級な料亭は、二十歳になったばかりの小夜子には居心地が悪すぎた。

いくら子爵令嬢とはいえ、経済的に困窮している雪野原家において、贅沢などというものは夢幻《ゆめまぼろし》だ。幼い頃はもう少し余裕があった気もするけれど、物心ついた時には屋敷内は寂《さび》れ、使用人も減る一方だった。特に母を病気で喪《うしな》ってからは、父は躍起《やっき》になって事業に打ち込んでは失敗を繰り返し、没落するに任せている有様だ。当然、小夜子に対する興味も薄い。

というよりも、母を溺愛していた父は、彼女によく似た小夜子を見るのが辛《つら》いのだろう。実質、小夜子を育ててくれたのは祖母の織江《おりえ》だった。

その織江が、転んで脚の骨を折ってから、すっかり寝付いてしまった。それまでは気丈《きじょう》な人であったのに、今やすっかり弱気になり、元々丈夫ではなかった心臓も悪化させてしまっている。自分の死後、頼りない一人息子に不安を覚え、小夜子の行く末を案じているのだろう。最近の彼女の話題は、専《もっぱ》ら小夜子の結婚に関することばかりだった。

本日会うのは、この二十年ほどで急激に財を築いた東雲家の令息だ。身分で言えば、小夜子とは釣《つ》り合わない。だが、そんな選《え》り好《ごの》みをしている余裕などもはやない。むしろ、向こうにとっての益が少なすぎて断られる可能性だってあるのだ。

――相手の方は、二十六歳になられた見目麗《うるわ》しい方だとか……それならば縁談など引く手数多《あまた》でしょうに……敢《あ》えて私と会ってくださるというのは、野心がおありの方なのかしら？　それとも、これまでご結婚なさらなかったのは、性格に何らかの問題でも……

恐ろしい結論に至りそうな思考を、小夜子は慌てて打ち消した。仮にそうだとしても、もう引き返せないのだ。何としてもこの縁談をまとめなければ、織江に適切な治療を受けさせることさえできない。

――甲斐様がお相手であればよかったのに。

不意に浮かんだ思いは、誰より小夜子を驚かせた。口にした訳でもないのに、耳にした者がないか周囲を確認するほどに動揺してしまう。

――なんて愚かなことを……！　はしたない……っ！

汗ばんだ手の平を握り締めた小夜子が軽く頭を振った時、部屋の隅《すみ》に控える甲斐と眼が合った。知らぬうちに、ずっと見られていたらしい。小夜子は疚《やま》しい内心を覗かれた心地がして、気まずくなって視線を逸らした。

他者には踏み込ませない奥底まで見通されそうな聡明な眼差しは、今の小夜子には辛すぎる。打算まみれの自分は、甲斐に呆《あき》れられているのかもしれない。彼にだけは軽蔑されたくないという不可思議な気持ちが燻《くすぶ》り、胸が苦しくなってしまう。

その時、襖《ふすま》が静かに開かれた。

「やぁ、お待たせしてしまって申し訳ありませんね。道が混んでいまして……車が進まなかったのですよ」

現れたのは、人懐こい笑みを浮かべた男性だった。彼が現れたことで、急に室内が明るくなる。小夜子の隣に座っている父親もほっと安堵の息を漏らした。

「何かあったのかと心配しておりましたよ。東雲様、老人を不安にさせないでください」

「何を仰る。まだまだお若いじゃぁありませんか」

彼がさらりと世辞を述べれば、小夜子の父親は満更でもないように笑みを浮かべた。

「ああ、急いだから少し疲れてしまいました。座ってもよろしいでしょうか？」

にこやかに伊織から許可を求められ、小夜子は慌てて頭を下げた。

「雪野原小夜子と申します」

「東雲伊織です。最初から遅刻するなど、美しいお嬢さんに醜態《しゅうたい》を晒《さら》してしまったな」

伊織が腰をおろした瞬間、柔らかな色彩の髪が揺れた。茶色のスーツを品良く着こなし、洋装がよく似合っている。その背後に、甲斐が膝をついた。彼は袴姿《はかま》のため、二人の差異が殊更浮き彫《ぼ》りになる。

「――……」

小夜子は思わず気になり、視線で甲斐を追ってしまう。それを察したのか、伊織は軽く肩を竦めた。

「どうぞ気になさらないでください。あれは空気と同じと考えていただいて構いませんよ」

「あの、でも……」

そうは言われても、名状《めいじょう》しがたい存在感にどうにも眼を引きつけられてしまい、甲斐が何をする訳でもないのに、小夜子は視線を泳がせてしまうのをやめられなかった。

「仕方ないな。なまじ図体《ずうたい》が大きいから、小夜子さんが気になさる」

「――すみません」

「あの、私が勝手に――」

甲斐が謝る必要はないと告げたいが、俯いたままの甲斐は頑《かたく》なに顔を上げようとはしない。張りのある黒髪が陽光を受け、艶《つや》やかに光を反射する。

「ただの付き人と同じです。見かけ通り腕《うで》っ節《ぷし》は強いのでね、用心棒代わりに傍においているのですよ。それに運転手代わりにもなるし」

「そうですか……どうぞ、よろしくお願いいたします」

血の繋がりがあるとは思えぬ冷たさが漂う紹介に戸惑いながら、小夜子は改めて甲斐へも丁寧に頭を下げた。

「……どうも」

寡黙《かもく》な質《たち》なのか、それだけ言って彼は沈黙した。後はもう、眼を合わせることさえない。

つい先刻、熱い眼差しを向けてきたのが幻のようだ。それでも気になって小夜子が窺っていると、面白くなさそうに伊織が鼻を鳴らした。

「小夜子さんが気にされるから、お前はもういいよ。外で待っているといい」

「――――分かりました」

まるで犬猫でも追い払うような仕草が、伊織の優しげな風貌《ふうぼう》には似つかわしくない。

小夜子は微かな違和感を覚えたけれど、甲斐はいつものことだと言いたげなさまであっさりと腰を上げた。男兄弟のいない小夜子には測りかねるが、こんなものなのだろうか。

伊織の到着を合図に、卓上へは次々に豪華な料理が並べられてゆく。

「あの……甲斐様は、お食事はどうされるのでしょう？」

「そんなこと、気にされずとも大丈夫ですよ。小夜子さんはお優しい。そのうえこんなに可愛らしいお嬢さんだなんて僕は幸運だな。小夜子さん、食事の後に庭を散策しませんか？」

「え？　は、はい。是非」

甲斐の後ろ姿を見つめていた小夜子は、慌てて頷いた。

見合いの席で、別の男に眼を奪われるなど、言語道断《ごんごどうだん》だ。どんな理由があったにしろ、ふしだらと罵《ののし》られても文句は言えない。小夜子はごまかすために大仰《おおぎょう》に同意を示した。

「おやおや、もう意気投合しているのかね。並んでいる姿はまるで雛人形のようにお似合いじゃないか」

上機嫌な父は微妙な空気になった場の変化には無頓着に戯《おど》けて見せる。仕方なく、小夜子も曖昧《あいまい》に微笑んだ。伊織も楽しげな声を上げたお陰で、どうにか和やかな空気の中へと落ち着き始めたが、しこりのような印象を残す甲斐から意識を引き剝《は》がすのは、ひどく難しかった。

――もしかして、仲がお悪くていらっしゃるのかしら……

伊織と甲斐、二人並べて見てもまるで共通点を探せず、知らなければ兄弟とは思わない。社交的で華やかな兄と、寡黙で男性的な弟。まるで光と影。決して交わらないそれに、小夜子はほんの少し心配を募《つの》らせる。

――せっかくご家族でいらっしゃるのに、分かり合えないのは不幸だわ。でも、こうして一緒に行動されているのだから、こちらが思うような不仲ではないのかもしれない。

「どうされましたか？　食事が進んでいないようですけれど？」

思考に耽《ふけ》るあまり、小夜子は並べられたご馳走にほとんど手をつけていなかった。

柔和な表情を崩さず首を傾げる伊織は、それだけで役者のように様になっている。

「あ、も、申し訳ありません。こんな素晴らしいお料理……胸がいっぱいになってしまって……」

「ふふ……そんなに赤くなられて。本当に貴女は愛らしいな」

「そ、そんな……」

物語の世界でしか聞いたことのないような甘やかな台詞《せりふ》を投げかけられ、小夜子は更に赤面するのを抑えられなかった。家族のため、どんな結婚でも受け入れようと心に決めていた小夜子だけれど、年相応の乙女でもある。整った顔立ちの異性に女性として扱われて、当然悪い気はしない。

「ほら、この天婦羅《てんぷら》なんていかがですか？　とても新鮮な海老《えび》を使っていますから美味《おい》しいですよ」

「は、はい」

伊織に促されるまま小夜子はそれを口に運んだ。薄い衣《ころも》がさっくりとし、中からはぷりぷりとした甘みが広がる。

「とても、美味しいです」

「でしょう？　今度は洋食屋に行きましょうか？　フルーツパーラーなどもいいですね」

突然の誘いに小夜子は驚いて固まってしまった。そんなにあっさりと次の約束が取り付けられるとは思ってもみなかったのだ。

「女性は甘いものに眼がないですものね。そうだ、ここは甘味《かんみ》も絶品なのですよ。よろしかったら、お祖母《ばあ》様にお土産としてお持ちになられてはいかがです？　用意させましょう」

「でも――」

正直なところ、そんなお金の余裕はない。だが小夜子が断ろうとすると、それよりも早く伊織が手で制した。

「もちろん、お代は僕に出させてください。貴女のお祖母様には是非、良い印象を持っていただきたいですからね。僕の得点稼ぎと思ってください。それに、長く伏《ふ》せっていらっしゃるとお伺いしました。滋養《じよう》のあるものを食べて長生きしていただきたいじゃないですか」

「なんてお優しい。お心遣い痛み入ります。それにしても伊織さん、ずいぶん小夜子をお気に召《め》していただけたようですね」

「ええ。ここにくるまでは正直迷っていましたが、是非この縁を結んでいただきたいですね。身分目当ての恥知らずと誹《そし》られても、僕は小夜子さんを気に入ってしまいました」

ホクホク顔の父親は前のめりになりながら伊織を褒《ほ》めそやした。その彼から熱を秘めた瞳を向けられ、小夜子の全身も熱くなる。気恥ずかしいのに、それ以上にふわふわとした気分で視線を泳がせた。

「そ、その、私……」

　気の利いた返し一つできない自分は、まだまだ子供なのかもしれない。おろおろと慌てながらも、必死に落ち着こうと試みる。祖母のことまで気にかけてくれるとは、心根の優しい器の大きな方に違いない。

「小夜子さん、ただの商人あがりの僕ではご不満でしょうけれど、どうか僕との縁談を受けていただけませんか」

　建前はどうあれ、損得で考えるならば選ぶ権利は雪野原家よりも東雲家にある。

　この婚姻で互いに得られるものを考えれば、小夜子こそ断られる可能性が高いのだ。そのうえ、子爵令嬢が金欲しさに身を売ったと囁《ささや》かれそうなところを、自分が道化《どうけ》になることで伊織は避けようとしてくれている。その気遣いに、小夜子は涙ぐみそうになる。

　──一瞬でも甲斐様に眼を奪われたりして、申し訳なかったわ。私の相手は伊織様。これからはこの方に一生尽くしていかなければ。

「お母様を亡くされて、今まで心細かったでしょう。よく頑張られましたね。そんな健気《けなげ》な貴女も素敵ですけれど、今後は僕に支える栄誉《えいよ》をいただけませんか」

　小夜子の、人知れず重ねた苦労や心労を汲《く》み取り、伊織は手を差し伸べてくれた。誰にも話せなかった苦悩を理解してくれたことに、胸が引き絞《しぼ》られる。

　本当はずっと怖かった。

　虚勢を張っていても、この先どうなってしまうのか、もしも織江の病状が悪化したらどうすればいいのか。毎日隠れて泣いていた。それでも、頼りなく弱い父親には暗い顔は見せまいと、日々明るく気丈に振る舞うのも限界だった。

そういう諸々《もろもろ》を伊織は受け止めてくれたばかりか、共に背負おうとしてくれている。心が傾かない訳がない。

「よろしく、お願いいたします……」

小夜子が必死に紡《つむ》ぎ出した言葉により、異例の早さで二人の婚約が成立した瞬間だった。


そこからはトントン拍子に話が進み、結納《ゆいのう》まで嵐のように過ぎ去った。

祖母の織江も涙ながらに祝福してくれ、小夜子は自分の幸運を噛み締めた。残念なのは、長い時間起き上がるのが困難である織江が結婚式には参列できそうもないことだ。それでも、白無垢《しろむく》姿は事前に見せることができたし、小夜子は満足していた。

何より、東雲の家は援助を惜しまないと伊織が言ってくれたのが嬉しい。嫁《とつ》ぐ日まではもう間もなく。小夜子はその日を指折り数えて心待ちにしている。

ただ、短い婚約期間の間に、伊織と観劇やカフェーに立ち寄る際、送り迎えをする甲斐が気にならないと言えば嘘だった。

相変わらずこの兄弟はよそよそしく、必要最低限の会話しか交わさない。それどころか一見主従関係にでもあるような隔《へだ》たりがある。伊織は甲斐に対して尊大であるし、甲斐の方は服従を誓っているようにも見えた。

最初に迎えとしてきた日以来、小夜子と甲斐は挨拶程度は交わしても、二人で話す機会はなかった。

その必要がないと言われればそれまでだが、小夜子は少し寂しさを感じている。突然現れた年下の小娘を、彼は義姉《あね》としては受け入れられないのかもしれないが、自分は甲斐をもっと知りたい。あの無表情を装った仮面の下には、別の顔が隠されている気がしてならず、小夜子はそれに興味があった。

もっと言うならば、自分から距離をとろうとする彼に惹かれている。けれどそれはこれから別の男性へ嫁ぐ身としては相応《ふさわ》しくない行いだ。だから、小夜子は意識的に甲斐から眼を逸らし続けていた。

それでもごく偶《たま》に、自分を見つめる視線に気がついて小夜子が振り返ると、そこにはまず間違いなく甲斐が佇《たたず》んでいる。ただし視線が絡むことはない。すでに完全に逸らされてしまっており、気のせいだったのかと思うくらいに何の名残《なごり》もないからだ。

「小夜子さん、暫《しばら》くここで待っていていただけますか？　先ほどの店に忘れ物をしてしまったようです」

小夜子を先に車へ乗せたところで、伊織は申し訳なさそうに告げた。今日は芝居を観に誘われ、帰途につこうとしていたところだった。

「え？　ではご一緒に参りましょうか」

「いいえ、それには及びませんよ。実はあの店は知り合いがやっているところでね。少し話もありますから」

先刻まで休憩がてら腰を据《す》えていたミルクホールは、いつも伊織が連れて行ってくれる高級店よりもくだけた雰囲気で、小夜子も好ましいと思っていた。

珍しいことにそこの店主は女性で、妖艶《ようえん》な大人の魅力を備えていた彼女を思い出す。そして、挨拶の際に近づいた折、不意に鼻を擽った香りも。

それは、伊織が好んで身につける花の香りの香水だった。

その時は同じものを使っているのかとも思ったけれど、二人の間に交わされる視線にはどこか淫靡《いんび》な気配が漂っていたように思う。

「嫌だな、心配なさらなくてもおかしな関係ではありませんよ。昔馴染《むかしなじ》みなだけです」

「わ、私、そんな……」

無意識に不安な顔をしてしまっていたらしい。他者の機微《きび》に敏《さと》い伊織は、そんな小夜子の心情を見抜いて甘く微笑んだ。

「小夜子さんは純粋だな。実はあの店は僕が出資者なのでね、色々相談したいこともあるのですよ。甲斐を置いていきますから、何かあれば申しつけてください」

その一言で、伊織とあの女性がただならぬ関係であるのを小夜子は逆に確信した。

ただの友人や仕事相手にそこまでするとは思えない。特別な間柄であればこその親密な空気は、やはり思い違いなどではなく、諦念《ていねん》が重く胸にのし掛かる。

だが小夜子には、伊織を問い詰《つ》める権利など最初からある訳がなかった。受け入れるより、他にない。

せめて隠すなりごまかすなりしてくれればと思わなくもなかったが、小夜子は自分の立場を嫌というほど理解して、曖昧に微笑んだ。なけなしの誇りが、愛人の一人や二人で騒ぎ立てるのを良しとしなかったからだ。

「では、そういうことで。甲斐、小夜子さんを頼んだぞ」

伊織の背後で頭を下げる甲斐を見て、小夜子は頷いた。暫くとはいえ、甲斐と二人きりになるということに気がつき、僅かに鼓動が速まる。

「……分かりました。お気をつけて。あの、甲斐様、よろしくお願いいたします」

「俺に敬語を使う必要なんてないですよ。それから、様、なんてやめてください」

ぶっきらぼうに告げられた言葉に小夜子は驚いて顔を上げた。まさか返事があるとは思わなかった。

いつも小夜子が何か言っても、せいぜい「はい」と「ああ」なんて返答とも思えない相《あい》槌《づち》が返ってくるだけなのだ。拒絶されているのかと思ったことも、一度や二度ではない。

「でも、私より甲斐様は年上でいらっしゃるし……」

「兄と結婚されれば、貴女は義姉《あね》になる。今から慣れていた方がいいのではないですか」

内容的には突き放されているけれど、こんなに甲斐と会話が続いたのは初めてで、小夜子は嬉しくなった。

「いいえ、それでも目上の方に失礼な態度はとれません」

「目上……ね」

自嘲を唇に張り付けて、甲斐は横を向いた。不機嫌そうな眉間《みけん》には、皺《しわ》が寄っている。

「それこそ、貴女の方が上でしょう。俺なんて妾《めかけ》の息子がお情けで東雲家に置いてもらっているだけですから」

「そんな……！」

あまりに辛辣《しんらつ》な自己評価に小夜子は絶句した。だがそれは、彼が誰かに貶《おとし》められ続けたことを意味している。

甲斐が、東雲家前当主と妾との間に生まれた子であるということは、すでに小夜子も知っていた。

それを聞いて、伊織の甲斐に対する態度に納得したが、同時に切ない心地がしたのも事実だ。詳しい事情は分からないが、妾であった甲斐の母親は元芸妓《げいぎ》であるとか。それなりの家の出であったという正妻との確執《かくしつ》は想像に難《かた》くなく、幼少期の甲斐が辛い思いをしなかったとは到底思えない。使用人たちははっきりと語らないが、正妻が病《やまい》で亡くなるまでの甲斐への仕打ちには、目に余るものがあったようだ。

甲斐は幼い頃は実の母親と暮らしていたらしいが、十年ほど前に東雲家に引き取られたという。

息子同士を競わせようという父親の意向があったそうだが、結局彼は明確な後継者を指名する前に突然亡くなってしまった。

それにより少なからず混乱が生まれている。東雲の家督《かとく》を継ぐ者はただ一人。どちらにつくのか側近たちの間でも意見が割れているようで、おそらくは伊織の結婚も、己の立場を強固にする目論《もくろ》みがあるのかもしれない。とはいえ、正妻の子と妾の子、出発地点からして明確な差がついている。

「ご自分のことを、そんな風に……！」

「それが事実です。ですから、貴女もそれを踏まえて嫁いでこられた方がいい。でないと、あの家で浮いた存在になりかねませんから」

眼も合わせず吐き出された言葉の数々に、胸が痛む。小夜子は何か言わねばと頭を働かせたが、結局何も思い浮かばなかった。

そんな沈黙をどう思ったのか、甲斐は気まずげに運転席から振り返った。

「……心配しなくても、兄が結婚まで考えたのは貴女が初めてですよ。それだけ、特別なんでしょう。どんと構えていらっしゃればいい」

「え？」

どうやら伊織が一人店に戻ったのを、小夜子が不貞《ふてい》を疑い消沈していると思ったらしい。

確かに、魅力的な店主であったあの女性と伊織の間に親密な空気を確信したのは事実だ。

だが、その後の甲斐との会話のお陰で、そんな蟠《わだかま》りは霧散《むさん》してしまっていた。

「あの、そんなことは思っていません」

「……そうですか。ならば、よろしいのです。出すぎた真似をしました。それと……先ほども申し上げましたが、俺の呼び名には様などつけないでください」

それきり彼はまた前を向いてしまった。

けれども何故か、先ほどよりも沈黙は軽くなっている。狭い車内で二人残されている時間も苦痛ではない。それどころか、心地よいと感じていることに小夜子は不思議な安らぎを覚えていた。

――今のはまるで私を気遣ってくれたようにも聞こえなくはなかった……

やはり優しい人なのだと確信し、僅かに気分が高揚《こうよう》する。

「あの……では、私のことも小夜子とお呼びください。様などお付けにならないで」

「……無理ですよ」

「あら、何故？　甲斐様がそう呼んでくださらないのなら、私もできません。ですから約束なさってください」

いつもならば、年上の人間に対してそんな口の利き方はしない。礼儀正しく万事控え目に、が小夜子の処世術だ。けれど、甲斐の前ではそんなものは不要な気がしてしまう。

家族を守らねばと張っていた虚勢の鎧《よろい》が剝がれ、素のままの小夜子が軽口を叩いていた。

「……貴女は時々、ずいぶん強引になる……」

「え？」

「何でもありません。分かりました。でも、兄を差し置いて呼び捨てになどできませんから、小夜子さんと呼ばせていただきます」

小夜子としては敬称さえ不要だったが、さすがにそれ以上は甲斐も譲《ゆず》りそうになく、仕方なしに頷く。

「では私は、甲斐さんとお呼びしますね」

たかが呼び方一つだけれど、それだけで互いの距離が近づいた気がする。それが妙に擽ったい。

——家族になるのですもの。ちゃんとお互い分かり合いたい。そうよ、だからこんな気持ちになるのだわ。いくら歳上と言っても、私にとって初めての弟だもの。気になるのは当たり前よね……

そう結論づけて、小夜子は無理やり自分を納得させた。

二章　奈落

伊織と小夜子の挙式は盛大に執り行われた。

東雲家の権勢《けんせい》を知らしめるかのように、財政界はもちろん、軍関係者までが列席し、その豪華な顔ぶれは小夜子の父を萎縮《いしゅく》させるほどだった。沢山の人間が入れ替わり立ち替わりに祝辞《しゅくじ》を述べにくる。小夜子はそのすべてに笑顔で対応し、くたくたに疲れ果てていた。

そして今、薄暗い部屋の中で小夜子は落ち着きなく畳《たたみ》の縁《ふち》を眺めている。入浴を済ませた肌からは甘い香りが立ち上《のぼ》り、頬は紅潮していた。

部屋の中央には、大きな布団。贅沢に綿《わた》を使っているのか、ふっくらとした厚みが寝心地良さそうに誘ってくる。

どうしても眼がいってしまうそれから、小夜子は強引に意識を逸らした。

間もなく伊織がやってくる。小夜子の夫として初夜を過ごすために。

落ち着こうと思っても、どうしようもなく怖い。初めては痛みを伴うと聞いているし、生まれて初めて異性に肌を晒すのが躊躇《ためら》われた。

もじもじと浴衣《ゆかた》の裾《すそ》を弄《いじ》り気を紛《まぎ》らわせても、意識はこの後に起こるだろうことで占められてしまう。

――すべて、伊織様へお任せすればいい。あの方なら、何も知らない私でも優しく導いてくださる。

全面的な信頼を胸に、深呼吸を一つする。それなのにふとした瞬間に脳裏《のうり》に浮かぶのは、黒い短髪の後ろ姿だった。

小夜子は軽く頭を振って、その幻影を振り払う。考えてはいけないと言い聞かせて。

その時、ゆっくり襖が開かれた。

「おや、僕の奥さんはずいぶん端っこに座ってらっしゃる」

布団の上で待つ勇気はなく、小夜子は迷った末に部屋の片隅《かたすみ》に正座していた。それを見た伊織が愉快そうに笑う。

「あの、不束者《ふつつかもの》ですが――」

「ああ、いいよ。そんな堅苦しい挨拶はなしにしよう」

小夜子の前に座った伊織は、湯あがりに上気した肌に濃紺《のうこん》の浴衣を羽織っていた。洋装が多い彼には珍しい出《い》で立《た》ちに小夜子の鼓動は跳ね上がる。

「緊張しているの？」

「はい……」

　真っ赤になって俯けば、伊織の細い指で上向かされた。そっと頬から顎《あご》をなぞられて、ぞくりとした震えが背筋に走る。

「ああ、小夜子さんは純粋で真っ白だね。こんなに無垢な女性には出会ったことがない。今の僕は本当に君に夢中なんだ」

「伊織様……」

　お世辞でも嬉しい。甘い熱に浮かされた頭で、小夜子は伊織を見つめた。

「……だから、もっと僕好みに染まって欲しい。そのために、君へ最高の贈り物があるんだよ」

「贈り物、ですか？」

　首を傾げる小夜子へ伊織は微笑んだ。そして男性にしては細く白い指が小夜子の頬に触れた瞬間――

「大人しくしろ！　この盗人《ぬすっと》が！」

　聞き覚えのある怒声と共に部屋の外が騒がしくなった。人の争う物音が空気を震わせ、小夜子は竦み上がる。

「な……っ!?」

「騒がしいな、何事だ？」

　不快に眉を顰《ひそ》めた伊織が襖を開けた。その向こうでは甲斐が男を組み伏せ、腕を捻《ね》じ上げていた。刹那、小夜子と眼が合った彼が微かに唇を震わせたかに見えたのは、気のせいだろうか。

「……すまない、兄さん。見知らぬ男が屋敷内をうろついていたので声をかけたら、逃げ出したんです。きっと物盗りに違いない」

見れば、床に押し付けられ後ろ手に拘束された男は、黒尽《ず》くめでずいぶん人相が悪い。甲斐が無傷なのに対して、男のほうは口の端からは血が滲み、目の周りが赤く腫れ、一方的に殴られたのは明白だった。

「放しやがれ！　どういうことだ、話が違うじゃねぇか!?」

「言い訳なら警察にすればいい。大方、祝い事の後で金目のものがあると踏んだんだろう」

甲斐はうつ伏せる男へ容赦なく体重をかけ、冷たい声で言い放った。そこには、隠しきれない苛立ちが滲んでいる。

「ま、待てよ！　俺は呼ばれたからここにきたんだ！　こんな扱いはおかしいだろう！」

「下手な作り話はよせ。お前のようなならず者をこんな晴れの日に誰が呼びつけるって言うんだ」

なおも抵抗をやめない男の腕を、甲斐はさらに捻じり上げた。

「ぎゃあああっ！　お、折れる！　やめろっ、やめてくれ!!」

「煩いっ！」

「甲斐、見苦しいぞ。僕の小夜子が怯《おび》えているじゃないか」

止めに入った伊織は、緊迫感のない態度で薄く笑みさえ浮かべていた。そのことに狼狽《うろた》えながらも、小夜子は違和感を覚える。

「……それは申し訳ない。こんな男はすぐに連れてゆくから……」

ほんの一瞬、甲斐は小夜子を見て、それから眼を伏せた。

「い、いいえ……それよりも、甲斐さんにお怪我はありませんか？」

確かに驚いたし、立ち上がれないほど脚も震えてしまっているが、それ以上に小夜子は甲斐が心配だった。見える場所に怪我はしていないようだが、頭を打ったりしていれば一大事だ。押さえ込まれた男はもはや意識がないのか、ぐったりと倒れ伏している。

「……平気ですよ。では、失礼いたします」

「待て、その必要はないぞ、甲斐」

「は？」

男を引きずり去ろうとした甲斐を伊織は引き止めた。

「いや、そいつはもう使い物にならないな。取り敢えず縛って納屋《なや》にでも転がしておけ。後は斉藤《さいとう》にでも任せればいい」

「兄さん……？」

「まったくお前は余計なことばかりする……せっかく面白くなってきたところだったのに。どうしてくれるんだ？」

話が見えないのは小夜子も同じで、対峙《たいじ》する兄弟の間に忙しく視線を往復させた。突然変わった空気に戸惑い、挙動不審《きょどうふしん》になってしまう。

「そいつを呼び込んだのは僕だよ。だが楽しみにしていた催《もよお》しは失敗だ」

「……どういう意味ですか？」

「小夜子、男女の仲には色々な形があってもいいと思わないかい？　僕は一人の人間に操《みさお》を立てる必要はないと思うんだ。むしろ、そういう既成概念《きせいがいねん》を取っ払った方が万事上手くいく」

「……伊織様？　仰ることがよく……」

急に話の矛先《ほこさき》を向けられて、小夜子は疑問符だらけになった頭を傾げた。

状況が呑《の》み込めない。何故、夫婦の部屋に甲斐を引き止めるのか。それに、この見知らぬ男を呼び入れたのは伊織本人だという。これから正に夫婦の契《ちぎ》りを結ぼうというのに、話がある訳でもあるまい。

「心配しないでも、大した違いはないよ。君の生家への援助は惜しまないし、妻としての役割もちゃんと果たしてもらう」

「援助の件は、ありがとうございます。至らない面が多々あるとは思いますが、東雲家の嫁として恥ずかしくないように、精一杯努めます……」

伊織の言葉は謎だらけだったが、小夜子は深々と頭を下げた。

身につけた礼儀と自制心が、何とかこの場を支えてくれる。しかしその反面、染み付いた常識が、この不可思議な現状の理解を拒む。

「小夜子、花嫁の一番大切な仕事は何だと思う？」

「……跡継ぎをお産みすることでしょうか」

男子を産まねば離縁されることもある時代だ。少し考えて、小夜子は答えた。

「そうだね。それも正しい。でも僕はもっと重要なことがあると思う。それは夫である僕を満たすことだと思わないかい？」

「え、ええ。それは努力させていただきます」

居心地の良い家、食事など、伊織のために尽くす心算《しんさん》はある。小夜子はそのための花嫁修業も重ねてきた。

だが、伊織の瞳の奥に宿る淫靡な光で、それだけを求められているのではないと悟る。

「……っ！」

義弟の前で、なんてことを。

一気に身体中が朱《しゅ》に染まる。恥ずかしくて沸騰《ふっとう》しそうだ。

「君はよき妻になってくれるよね？　だから、僕のために他の男に抱かれてくれないか？」

「え？」

興奮に潤《うる》んだ伊織の眼が、充血していた。寛《くつろ》いだ仕草があまりに発言の内容からかけ離れていたせいで、小夜子は悪い冗談だと思った。いつものように大人の余裕で小夜子を揶揄《からか》って、その後、極甘な台詞で翻弄するつもりかもしれないと無理やり考え、笑みに見えるよう口角をあげる。

「伊織様、いくら何でも戯《たわむ》れ言がすぎます」

小夜子は眉尻を下げ、困り顔で愛想笑いを浮かべたが、伊織は欠片《かけら》ほどにも表情を変えなかった。それどころか、心底楽しそうに甲斐を振り返る。

「お前が邪魔をしなければ、その男を小夜子にあてがうつもりだったんだ。穢れない乙女が粗野《そや》な破落戸《ごろつき》にぐちゃぐちゃにされるなんて、考えただけで昂《たか》ぶるだろう」

「何を……言って……」

呆然《ぼうぜん》とした甲斐が眼を見開いた。

「ああ、新しい男を探さなければならないな。条件に合うのを見つけるのは中々大変なのに」

伊織は甲斐の下で意識を失った男を足蹴《あしげ》にし、虫けらを追い払うように手を振る。

そこには思い通りにならないことに苛立ち、ころころ気分を変える子供に似た無邪気《むじゃき》さえ垣間《かいま》見《み》えた。

「お前に責任をとってもらおう、甲斐。今から適当な男を見つけてこい。ただし誰でもいい訳じゃないぞ。口は堅くなくては困る。それから見た目が悪い者ほど好ましいな。どうせお前の周りになら、金のために何でもする者くらい、いくらでもいるだろう」

「兄さん……っ、悪い冗談はやめてください」

「だから、戯れでも冗談でもない。二人して似たようなことを言わないでくれないか。僕はね、小夜子。自分で直接女を抱くよりも、好みの女が別の男に穢されるのを見るのが好きなんだ。だから当然、妻になる女性にもそれは理解してもらわなければならない」

頭を殴りつけられたよりもひどい衝撃が小夜子を襲った。

眼の前がぐらぐらと歪み、耳鳴りがする。吐き気と共に込み上げてくるのは、得体のしれない嫌悪感だ。

「い……おり、様……？」

呼吸もままならない動悸《どうき》と眩暈《めまい》が視界を滲ませた。

「……兄さん、人をからかうのも大概にしてくれませんか。いくらなんでも質が悪すぎる……っ」

押し殺した甲斐の声がひどく遠く感じ、小夜子は立ち上がろうとしたが、その時初めて腰が抜けてしまっていることに気がついた。それどころか、手にも力が入らない。

「お前は物分りが本当に悪いな。本気だと何度も言っているつもりだが。もういい。斉藤を呼べ。あいつに探させるから」

「……っ!!　待ってください、兄さん……！」

押し退けようとする伊織の腕を摑み、弟は兄の前に立ち塞《ふさ》がった。そして俯いたまま、唇を嚙み締めている。

「何だ。まだ何か用があるのか？　それとも僕に逆らうつもりか？　……お前の母親がどうなってもいいのか」

後半に落とされた呟きは、的確に甲斐を貫いたらしい。息を詰めた後、彼は眼を閉じ歯を食いしばった。

「……いいえ、そんなつもりはありません。でも兄さん、小夜子さんは了承されているのですか？　とてもそうは見えない……」

「そんなもの、関係ない。僕は夫になったのだからね。妻は夫に従うのが義務だ。それに……離縁されて困るのは、小夜子の方だろう？」

ちらりと巡らされた伊織の視線に、小夜子は震えあがる。まったくその通りで、否定のしようもありはしない。甲斐が深く長く、息を吐き出した。

「けれど、こんなやり方はまずいのではないですか？　どこの馬の骨とも知れぬ男が当主の妻と不貞をはたらくなど、万が一外に漏れれば外聞《がいぶん》が悪い」

奇妙なほどに低く落ち着きを取り戻した甲斐の声が、小夜子の耳を通り過ぎてゆく。意味をなさない言葉の羅列は、滑稽《こっけい》な寸劇じみている。ゆるりと緩慢《かんまん》な動作で顔をあげた甲斐は、あらゆる感情が抜け落ちたかのように無表情だった。

「もちろんばれないよう細心の注意は払うさ。金で黙らせられる人間など、掃《は》いて捨てるほどいるじゃないか」

小馬鹿にした態度を崩さない伊織は、面倒臭そうに髪を掻き上げる。

「そうは言っても、人の口に戸は立てられないものですよ。それに、もしも子供でもできてしまったらどうするおつもりですか。まったく父親に似ていない赤子など、いい物笑いの種です。東雲家の家督を他人の男の子供に譲り渡す気ですか？　兄さんの男としての機能も疑われてしまいますよ」

「なんだと……？」

自分が笑い者になる可能性を示唆《しさ》され、急に伊織は眉を顰めた。不本意だと言わんばかりに甲斐を睨《にら》みつける。

「小夜子さんは兄さんの正式な妻です。ただの遊び女《め》とは違うのですから、他の女と同列に扱われるのはいかがなものかと思います」

「だったら、どうしろと言うんだ……！」

もはや苛立ちを隠せなくなった伊織は声を荒げ、今にも地団駄《じだんだ》を踏みそうな勢いで甲斐に詰め寄った。

すっと甲斐の瞳が眇《すが》められる。

「……適任がいますよ。学もなく、粗野で下品なうえに子供ができてもごまかしのきく、口の堅い男がね」

「何？　それはどこのどいつだ。お前の悪友か？　すぐに呼び出せ！　金なら用意するぞ」

「お金など……必要ありません。俺にとっても、悪い話じゃありませんから」

現実感のないやり取りを、小夜子は座り込んだまま見上げていた。

――いったい二人は何を話しているのだろう？　意味が分からない。――分かっては、いけない。

兄弟の応酬《おうしゅう》を、小夜子は置き去りにされたまま見守り続けたが、理解できることなど何もなかった。

「それはどういう意味だ？」

「——俺が小夜子さんのお相手を務めますよ」

「……っ!?」

甲斐の言葉だけが、小夜子の耳にはっきり響いた。鼓膜を震わせるあり得ない音の数々が、急激に集約されてゆく。

「お前が、だと？」

「そうですよ。それなら子供が父親に似たとしても問題ない。俺なら、親父にそっくりですからね。祖父に似たのだと言えば、周りも納得します。一応、東雲の血を引いていますし、赤の他人よりずっとマシでしょう？　まして、家の恥部《ちぶ》を晒す訳がない。秘密は完全に守られる」

「か、甲斐さん……？」

ひょっとして自分は、悪い夢でも見ているのかもしれない。

こんなことは狂っている。

すべてが歪みすぎていて、正直もう何が正常なのかも曖昧に溶けてゆく。

「ふ、ふふ……確かにお前ならば丁度良いかもしれないな。さすがの僕も、そんな下種《げす》な考えは思いもつかなかった！　たまには有益なことも言うじゃないか。見直したぞ」

「……では、決まりですね。暫く待っていてください。この男を引き渡してきます」

「ああ、早くしろ！」

ひとしきり腹を抱えて笑った後、上機嫌の伊織は振り返り、小夜子を見下ろした。

「喜べ、小夜子。これから最高の快楽を教えてやる。最初は戸惑うかもしれないが、大丈夫。すぐに慣れて、普通ではもの足りなくなるさ」

「い、いや……っ」

伊織から少しでも距離をとろうと、小夜子は後ろへずり下がった。けれど元々壁際に座っていたせいもあり、すぐに行き止まりとなってしまう。

――嘘だ。こんなことは、おかしい。

きっともうすぐ「本気にしたのかい？　馬鹿だなぁ」と言ってくれるに違いない。そう期待して、潤む瞳を夫となった男へ向けたが、それは瞬《また》く間に粉々に砕かれた。

「そんなに怯えて、本当に可愛らしい。綺麗で真っ白なものを踏み躙《にじ》る時、僕は最高に興奮するんだ。今まではさすがに外聞もあって遊び慣れた女でしか試せなかったけれど、これからは小夜子がいるからね。思う存分楽しめそうだ」

膝をついた伊織は小夜子の頬を一撫でし、艶然《えんぜん》と微笑んだ。

秀麗な美貌は何一つ損なわれてはいないのに、それはひどく禍々《まがまが》しいものへと成り果てていた。伊織の指先に撫でられた部分が腐り落ちるような不快感。

嫌悪に腰が引け、少しでも逃れようと足掻いた時間は、実際にはさほど長いものではない。けれど、小夜子には永遠にも思える責め苦の時だった。

「……兄さん、お待たせいたしました」

「甲斐、遅かったじゃないか。待ちくたびれたぞ」

触れられたくないと首を竦める小夜子の毛先を伊織の指が撫でる。小刻みに震える反応を堪能し、伊織は満足そうに眼を細めた。

「すいません。あの男が途中意識を取り戻して暴れたもので」

再び現れた甲斐は、冷えた空気を漂わせていた。伊織はぞんざいに招き入れ、素早く襖を閉める。小夜子は二人の間を忙しく視線を往復させた。

ひどくゆっくりと、大柄な男が近づいてくる。間近に立たれれば、圧迫感は尋常《じんじょう》ではない。しかも相手が陰鬱な気配を漂わせているとなれば尚更だ。

「ほら、早く。小夜子が戸惑っているじゃないか」

「……兄さん、本当にいいんですね？」

「お前はしつこいな。怖気《おじけ》づいたのなら、そう言え。嫌なら別の男に任せるだけだ」

「甲斐さ――――きゃあっ!?」

甲斐ならば、この狂気の沙汰《さた》を回避してくれるのではないかと、小夜子は縋《すが》る思いで彼を見上げた。無骨《ぶこつ》で愛想はなくても、根は優しい人だ。非人道的な兄の行いを諫《いさ》めてくれるに違いない。

だが、すぐにそれは甘い勘違いだと思い知った。

突然身を屈めた甲斐が小夜子の肩を押した。彼にとっては軽い力だったかもしれないが、小夜子には突き飛ばされたも同然で畳に転がる。

「……とんでもない。喜んでお相手しますよ」

「おいおい、そんな場所に女性を押し倒すものではないよ。まったく、生まれが知れるというものだな……僕の妻を手荒に扱うのはやめてくれないか」

揶揄《やゆ》する伊織の声を受け、小さな舌打ちが覆い被さる頭上から響いた。背中に受けた痛みと精神的衝撃から自失していた小夜子は、逞しい腕に抱き上げられても反応が遅れてしまう。急激に高くなった視界に驚いて、漸く甲斐に横抱きにされていることに気がついた。

「何を……っ、」

「暴れないでくださいよ」

そうしたくても、普段立っている時よりも高い目線に慄《おのの》いて、とてもそんな勇気は出てこない。甲斐に縋り付く訳にもいかず強張ったまま大人しくしていると、そっと布団に降ろされた。まるで壊れ物を扱うような慎重さが、逆にこの場の異常な空気を浮き彫りにする。

――何が起きているの？

混乱する頭は空回りするばかりで、碌に働きはしなかった。けれど、自分にとってよくないことが起こりかけているのは分かる。それも想像を遥かに超えた最悪の事態が。

見開いた小夜子の視界いっぱいに、表情を凍らせた男が映り込んだ。

真っ黒な双眸に吸い込まれそうになり、そのまま何秒間か甲斐と小夜子は見つめ合った。

伊織が何かを言っているけれど、どれも頭に入ってこない。ただ通過してゆくだけの言葉の羅列が、耳の奥で反響する。自分がどんな返事をしたのかも曖昧に溶けてゆく。だが、まったく聞き取れないのではなく、むしろ耳は襲いくる危険に備えようと鋭敏《えいびん》になった。

「甲斐に抱かれてくれるね？　小夜子――――」

拒絶など、最初から想定されていない問いだった。伊織の中ではすでに決まっている答えなのだと思い知り、小夜子の全身の血が凍りついた。

「な――――」

だからと言って、了承できるものではない。小夜子はのし掛かる甲斐から逃れようと身を捩《よじ》り、あらん限りの力で抵抗した。

「離してください――――っ！」

「無駄だよ。男の力に敵う訳がないじゃないか」

聞き分けのない子供を諭《さと》すように伊織が上から覗き込んでくる。

甲斐と伊織、二人の男に見下ろされ、小夜子は混乱の只中《ただなか》に落とされた。ぐるぐると世界が回る。悪夢ならば早く目覚めたい。朝になればすべてが幻に変わるに決まっている。

「素直に甲斐に穢されなさい。僕の……夫の眼の前で、別の男に善《よ》がり狂わされる様を見せてくれ」

「……っひ……」

空気だけの悲鳴が小夜子の喉を震わせた。瓦解《がかい》した現実が粉々に砕け散る。信じていたものの喪失に、暗闇に投げ出されたような恐怖を感じた。

奥歯を噛みしめた甲斐の漆黒の瞳に暗い情欲が灯《とも》る。小夜子の腰を挟んで膝立ちになっていた彼が、距離を詰めた。

「い、嫌……っ！」

口づけられると予感して、小夜子は思いっきり顔を背けた。それは愛し合う者同士、さもなければ夫婦が交わすべきものだ。間違えても、義理の姉弟でしかない自分たちがしていい行為ではない。

「……っ、」

「嫌われたものだねぇ、甲斐」

息を呑んだ甲斐を見て、愉快だと言わんばかりに上機嫌の伊織が手を叩いて嗤っている。

「助け……っ、伊織様！」

「それは無理だよ。だって僕が命じたことなんだから。それとも君は、どこの誰とも知れぬ男たちに輪姦《まわ》される方がお好みかい？」

恐ろしすぎる単語の数々に小夜子の呼吸が止まった。甲斐の胸を押していた腕からも力が抜ける。

「ああ、楽しみだなぁ。純情で清廉《せいれん》な貴女が、不道徳な快楽で壊れていくのかと思うと、最高に興奮するよ。淫婦として生まれ変わるのも悪くないね。そうしたら、また別の楽しみが増える」

耳鳴りがひどくて、吐き気がする。水中にいるように周囲の音が不明瞭になり、急速に遠退《とおの》いてゆく。体温も指先から失われた。

「嘘……こんな、夢でしょう？」

きっと婚礼準備で最近疲れていたから、おかしな夢に魘《うな》されているのだ。こんな狂ったことが現実のはずはない。一刻も早く目覚めなければ。

「そう思うなら、今はそれでもいいよ。追い追い紛れもない現《うつつ》だと分かるだろうから」

頭を振ったせいで乱れた小夜子の髪を、伊織が直そうと手を伸ばす。口の中に入ってしまった一筋は不快ではあるけれど、今の小夜子には上から迫る男の手こそが恐怖の対象として映った。

「……っ」

強く眼を瞑《つむ》り、首を竦めた。触れようとしているのは夫の手と理解していても、異常な状況が嫌悪を煽《あお》り、全身に冷たい汗が浮かぶ。

「兄さん、遊戯の決まりは細かく制約が多いほど面白くなると思いませんか？」

平板《へいばん》な甲斐の言葉で、小夜子の眼前まで降りてきていた伊織の手が止まった。

「何だそれは？　僕に指図するつもりか？」

「違いますよ。より楽しんでいただこうと考えただけです。例えば、行為の最中は夫である貴方に小夜子さんはいっさい触れてもらえないというのはどうです？　別の男によってだけ与えられる快楽など、屈辱と羞恥以外の何ものでもないでしょう。あまつさえ、その痴態をすべて夫に見られているとなれば、背徳感は否が応でも高まるというものです」

「僕には手を出すなと言いたい訳か？　……でもまぁ、確かにそうだな。僕に触れられる前に、お前に滅茶苦茶《めちゃくちゃ》にされるというのが醍醐味《だいごみ》なのだから」

鼻白《はなじろ》んだ伊織だったが、納得したのか少し離れて小夜子の頭側に座り直した。

小夜子が首を反らせば、充分視界に収められる位置に夫がいる。だが、初夜の床で花嫁を組み敷くのは別の男だ。

「だが、それだけでは面白味に欠けるな。そうだ。普段はお前が小夜子に触れるのは許さない。指先はもちろん、髪の一筋にも関わるな。お前たちが接触するのは、僕が許した時にだけ。つまり、閨《ねや》で僕が見ている時だけだ」

「……なるほど。かまいませんよ」

己の与《あずか》り知らぬ所で取り決められた約束に、小夜子は震えあがった。

伊織と甲斐。彼らは見かけだけならまったく似ていない。

それなのに二人は今、同じ情欲を瞳に宿し、紛れもなく血の繋がりを感じさせる。

「どうして――――」

「散々兄さんが説明していたと思うけれど、聞いていなかったのですか？　……貴女はこれから、俺の子を孕むんですよ。――――愛する夫に見守られながらね」

「……っ！」

本当の恐怖に悲鳴さえあげられない。小夜子は今、歪み狂った箱の中、獣《けもの》二頭に喰らわれようとしている哀《あわ》れな獲物だった。何の力も武器もなく、ただ嬲られ奪い尽くされるための。

一頭は微笑みを湛《たた》えた狡猾《こうかつ》な獣。

もう一頭は漆黒を纏った猛々《たけだけ》しい肉食獣。

再び甲斐の顔が近づいてくる。今度こそ口づけは免《まぬが》れないかもしれないと小夜子は首を竦めたが、彼の唇が触れたのは、小夜子の口の端ぎりぎりだった。あと僅かにずれれば、桜色の唇に触れる。ほんの少し、角度を変えるだけで。

けれど、そのまま口づけは頬から目蓋《まぶた》、こめかみへと移った。最初からそこが目的だと言わんばかりに耳朶《じだ》を食《は》まれ、生温かい舌に舐《ねぶ》られ、息を吹きかけられて、小夜子の肌は粟立《あわだ》った。

「……ふ、ぅ」

擽ったいのに、奇妙な疼《うず》きが背筋を震わせる。やめてと消え入りそうな声で抗い、押さえられた両手を振り解こうと全力で暴れた。

だが甲斐の腕はびくともしない。それどころか、逃すまいと掴む力が増してゆく。

「痛……っ」

軋《きし》む骨が限界を訴え、小夜子は涙ぐんだ。その瞬間、甲斐が眼を見開く気配がした。

「甲斐、小夜子の身体に不粋《ぶすい》な痣《あざ》など残さないでくれよ」

「……もちろんです」

唐突に緩んだ拘束にほっとしたのも束の間、小夜子は袷《あわせ》から侵入した甲斐の手に身を強張らせた。強引に開かれた胸元が、男の吐息で炙《あぶ》られる。

「やぁ……っ、やめて、やめてください……！」

夫以外の男が、自分の乳房を舐っている。その衝撃的な光景に、小夜子は眩暈を覚えた。ごつごつとした手の平により形を変えられる白い膨らみが、信じられないほどに淫猥《いんわい》で、そこから与えられる刺激はとてつもなく鋭い。

「ぁ……あっ？」

「ずいぶん敏感なんだねぇ、もう乳首が尖《とが》ってきた。ほら、甲斐。もっと小夜子を悦《よろこ》ばせておあげよ」

片側を舌で転がされながら、もう片方は揉みしだかれる。同時に与えられる快楽は、無垢な身体には鮮烈すぎた。

「ひゃ、ぁッ……あ」

「想像以上に可愛い鳴き声だ。もっと聞かせておくれ」

もしも今小夜子の上にいるのが伊織ならば、そんな言葉も睦言《むつごと》として享受《きょうじゅ》できたかもしれない。けれど、彼は見ているだけ。触れているのは、義弟の甲斐だ。小夜子の混乱は極《きょく》致《ち》に達し、恥も外聞もなく泣き叫ぶ。

「こんなっ……嫌ぁ！」

「……暴れないでください。乱暴にはしたくない」

大きく振り回した腕を再度甲斐に摑まれ、頭上に張り付けられる。小夜子は手首に走る痛みを思い出した。見れば、指の痕が薄っすらと残ってしまっている。

「だったら、やめてください……！」

「案外物分りが悪いですね。それはできないと聞いたでしょう？」

突き放す言葉に冷酷な顔。それなのに小夜子の肌に刻《きざ》まれた痣を撫でる甲斐の指は優しい。まるで慈《いつく》しむかのごとく唇を寄せられ、痛みが和らぐ錯覚に陥ってしまう。

そんな自分が空恐ろしくて、小夜子は慌てて甲斐の下で身をくねらせた。

「嫌です……お願い、許して……」

「許す？　何を？　――もう諦めて、貴女は素直に快楽だけを感じていればいい」

揺るがない甲斐の瞳に呑み込まれ、小夜子は荒れ狂う嵐に放り込まれた。親指の腹で擦られた胸の頂《いただき》が痛いほどに痺《しび》れている。唾液により、冷えた外気が殊更強調され、それがまた刺激となって肌を震わせた。

「ん、ふ……っ」

甲斐が乳房を舐る濡れた音が淫らに響き、小夜子の思考力を奪ってゆく。

解放された腕にはまともに力が入らず、もはや本能だけで手脚を突っぱね、必死に甲斐を拒んだ。

「小夜子、もっと僕に顔を見せてくれ。ぐちゃぐちゃに乱れた顔を」

「見ないで！」

耳元から注ぎ込まれる伊織の声で、失いかけていた羞恥が甦り小夜子は両手で顔を覆った。せめて何も見たくない。できるならば耳も塞ぎたかったが、それは叶わぬ願いだ。腕が二本しかないのが恨めしい。

「それじゃつまらないじゃないか。甲斐、小夜子の手をどけさせろ」

「――はい」

淡々とした返事の後、甲斐は小夜子の腕を強引に掴んだ。けれども先ほどよりも力は弱く、女の力でも死にもの狂いになれば抗えないこともない。

絶対に見られたくなどなかった。恐怖と屈辱に歪む様も、快楽に流され赤らむ顔も。

「甲斐、早くしないか」

焦れた伊織が不満げな声を漏らす。

その気になれば、男性の甲斐にとって小夜子の抵抗など簡単にあしらえるだろう。しかし、腕力にものを言わせる気はないのか、数度腕を揺すられただけに留められ、顔を隠す手を無理やり引き剝がされることはなかった。

――諦めてくれたの……？

だが、微かな希望を抱いた自分はどこまでも甘い。愚かな期待は、すぐに粉々に砕かれてしまった。

「ひっ、ゃあああッ！」

無防備になっていた膝を割られ、裾を捲《まく》り上げられる。浴衣の帯は手早く解かれ、今や腰回りに纏わり付いているのみだ。

真っ白な小夜子の太腿を撫で上げる男の手。明確な意思を持って付け根へと伸ばされるそれから逃《のが》れたくて脚を閉じようとしたが、間に居座る甲斐の身体が邪魔で叶わなかった。

「だ、駄目です。こんな……不道徳な……」

「道徳なんて、何の足しになるんだい？　そんなもの忘れてしまえば小夜子が味わったこともない快楽を楽しめるよ」

「そんなもの、欲しくありません……！」

両膝の裏を押さえられ、開かれた場所に感じる二つの視線。本来であれば、夫ただ一人が知るべき場所が無慈悲にも晒されている。

「いやぁ！」

小夜子は幼子のように泣き叫び、顔を隠すのも忘れて身を捩った。すでに溢れた涙で頬は濡れ、充血した瞳はお世辞にも綺麗とは言えないだろう。伊織の言うところの「ぐちゃぐちゃ」であるのは想像に難くない。

「思った以上に可愛らしい。まだ誰も触れたことがないんだね」

満足げに頷く伊織は、身を乗り出して小夜子をくまなく視姦した。ねっとり絡み付くその視線には、小夜子が彼に抱いた優しい印象は微塵《みじん》もない。

――私、何か間違えてしまったの？　それともこれは罰？

安易に援助を得ようとした打算。嫁ぐ相手以外の男性に、眼を奪われた軽薄さ。それらのツケを払わされているのだろうか。

「ああ、甲斐。さっさと小夜子を散らしてしまえ。じっくりいたぶるのも悪くないけれど、純潔を奪われて絶望する彼女が早く見たい」

興奮しきった伊織が急き立てる。

閨の知識として、充分に解さなければ初めての時に相当な痛みを伴うと聞いていた小夜子は、性急に進められようとする行為に慄いた。

「ぁ、あ……」

「そんな無理をすれば、女陰《にょいん》が裂けて暫く楽しめなくなりますよ。それよりも理性がなくなるまで快感に溺れさせ、冷静になった時との落差を味わった方が面白くはないですか？　痛みに咽《むせ》び泣く女よりも、望まぬ快感に善がり狂う女を観賞する方が楽しめるというものです」

狂った熱が充満する中、不釣合いに冷静な甲斐の声が場を支配する。小夜子にとっては救いか新たな悪夢か分からない。

伊織は妙に納得した様子で片眉をあげた。

「それもそうだな。どうした、甲斐。今夜は珍しく冴《さ》えているじゃないか。やはりこういう行為は得手《えて》という訳か。血は争えないものだな」

嘲る伊織の言葉に、それまで曲がりなりにも貫かれていた甲斐の無表情にひびが入った。

噛み締められた唇が微かに震えている。悪くなった顔色には朱が混ざり、怒りを抑えているのは明白だった。

「何だ。何か文句があるのか？」

「――いえ、何も」

吐き出された震える息には、甲斐の感情が込められている。こんな時だというのに、小夜子は彼の変化を呆然と見上げていた。以前も、揺らぎ程度の情動の発露《はつろ》は見た覚えがある。けれど、これほどはっきりとしたものは初めてかもしれない。

「よかったね、小夜子。痛いよりも、気持ちの良い方がいいだろう。ああ、それとも君は苦痛に歓《よろこ》びを見出す性癖かな？」

とんでもないと小夜子がぶんぶんと頭を振れば、涙が飛び散り哀れさを誘う。もちろん、淫楽だって望んではいない。願うのは、この狂った時間が終わることだけだ。

「それにしても、初めてお前と意見が合ったな。不本意だが、やはり血は争えないということか」

「……」

甲斐は無言のまま小夜子の両脚を抱え込んだ。肉の薄い小夜子の脚は、逞しい甲斐の腕と比べると、なお華奢《きゃしゃ》さが強調される。

真っ白な太腿の内側、柔らかな肌に吸い付いた甲斐は、そこを舌で擽り、時折軽く歯を立てた。すると、小夜子の中で不思議な熱が生まれてゆく。

強張る。

「あ、ぁ……やぁっ」

びくりと背を仰け反らせたせいで腰が浮き上がり、敷布《しきふ》をかく爪先《つまさき》が丸まって、全身が強張る。

擽ったいのか痛いのか、それさえ曖昧だ。生まれて初めての感覚に流されて、小夜子はどうすればいいのかを完全に見失ってしまった。

「も、もぅ……」

息も絶え絶えになりながら、甲斐の頭を押しやろうと下半身へ手を伸ばす。想像したよりも柔らかな黒髪は、さらりと小夜子の指先から逃げていった。

それをつぶさに観察していた伊織が、喉奥で嗤う。

「綺麗な色だなぁ。やはり深窓の令嬢は商売女とは違う」

「ひ……っ」

ついに、甲斐の節くれ立った指が小夜子の不浄の場所に触れた。薄い和毛《にこげ》を撫でられ、今まで排泄でしか意識したことのない部分を曝《さら》け出される。

「そんなに怯えなくても大丈夫だよ、小夜子。何も命を奪う訳じゃあるまいし、慣れればどんどん快《よ》くなる。その涙だってすぐに別の意味に変わるさ」

涙で霞む視界に伊織の顔が映り込む。意識が下肢へ与えられる刺激から僅かに逸れた瞬間、小夜子は大きく脚を跳ねさせた。

「……アッ、ぁあ！」

柔らかく生温かなものが、淫らな粒を押し潰す。背筋を駆け上がる痺れが一気に弾けた。

小夜子はどうにか首を持ち上げて確認したが、瞬時に後悔することになる。

甲斐が、今日義弟となった男が、自分の股座《またぐら》に顔を埋《うず》めている。その淫猥な光景は、小夜子を絶望させるに充分だった。

「や、いやあああっ！」

ずり上がって逃げようにも、両の腿はがっちり甲斐に押さえこまれている。動かせない腰は、精々が左右へ捻るくらいの動きしか許されず、結果として甲斐へ押し付けるだけとなった。

「……は、ぁうっ……あ、あ、アッ」

快楽のために存在する真珠を肉厚な舌の表面で圧迫され、唇に食まれて、舌先に突かれる。次々と与えられる口淫は、確実に小夜子から抵抗の術を奪っていった。

「気持ちいいのかい？　小夜子。さっきとまるで声が違うじゃないか」

自分でも、身体の変化に戸惑わずにはいられない。いつの間にか生まれた燻る熱が、下腹に溜《た》まってゆくのがはっきり分かる。何かが蕩《とろ》け出す感覚に、小夜子は恐怖を覚えた。

「違う……！　気持ち良くなんて……っ」

認めてしまえば取り返しのつかないことになる。

償えない罪を犯しては、世間様へ顔向けできなくなってしまう。大切に自分を慈しみ育ててくれた祖母の顔が思い浮かび、小夜子は必死に理性を掻き集めた。

「お願いします、甲斐さん！　こんなことはおかしい。貴方もそう思うでしょう？　今なら、まだ……！」

「……何もかも、手遅れですよ。もう、堪えきれない」

「や、あっ」

大きな親指が、小夜子の膨れた敏感な芽を擦った。

新たな火種が小夜子の身体に灯される。くちゅくちゅと粘度のある水音が耳に届き、居た堪れない心地に包まれた。それは紛れもなく小夜子自身が吐き出した快楽の証《あかし》だったから。

「貴女だって快さそうにしているじゃありませんか。……赤らんだ頬が愛らしいですよ」

「見ないで……！」

顔を見られる羞恥が蘇り、小夜子は眼を閉じ横を向いた。恥ずかしくて情けなくて胸のうちは荒れ狂っているのに、揺れてしまう腰を抑えられない。

「とても順応性が高いらしい。もうこんなに蜜を吐き出している。淫らな身体ですね……生娘《きむすめ》とは思えないほど、男を誘う」

「そんなの、知らな……っ、や、ぁあ――……ッ」

円を描くように弄られていた花芽を摘まれ、頭の中に白い閃光が走った。筋肉が一気に収縮し、糸が切れたように弛緩《しかん》する。

「……ぁ、あ……」

「もう気をやったのか。小夜子はずいぶん敏感だな。これは教え込むのが楽しみだ。甲斐、もういいんじゃないか」

「まだ蕾《つぼみ》は固く閉じたままですよ。もっとどろどろに解さないと」

　急き立てる伊織をいなし、甲斐は小夜子の狭い道へと指を挿し入れた。何ものをも受け入れたことのないそこは、ひどく狭い。指一本だとて、男の中でも大柄な甲斐の指では異物感と苦痛を感じる。

「ぃッ……や、やめ……っ」

　とめどなく流れる小夜子の涙を、甲斐は宥《なだ》めるように舐めとった。それでも溢れ出す雫《しずく》を何度も何度も啜りあげ、合間に頬や目蓋に口づける。それでも、決して唇だけには触れようとはしなかった。

「甲斐……っさん……！」

「何も考えなければいいんです。ただ与えられる感覚に身を委《ゆだ》ねれば、楽になれる」

　――すまない、と微かに聞こえた気がするのは空耳だろうか。ほとんど吐息だけを耳元で囁かれたから、きっと伊織には届かなかった。

「は……っ、ぁ、あ、あッ……」

　浅い部分で、ゆっくり抜き差しされていた指が、次第に奥を目指して進んでゆく。小夜子の額に吹き出た汗で張り付いた髪を、甲斐は丁寧に横へ払った。

　少しでも小夜子が反応を示した場所を執拗《しつよう》に撫でられ、開かれる。繰り返されるたびに少しずつ痛みとは違う何かが小夜子の中で沸き起こり、蕩け出し、甘い疼きが折り重なり溜まっていった。

「ああ……溢れてきた」

「甲斐の手首までびしょびしょじゃないか。本当に淫らで可愛い女だね。普段の取り澄ました高潔さが見る影もない」

もう、伊織の言葉は小夜子には理解できなかった。ただ、傷つけ貶められているのは分かる。

心を守るため、精神は閉ざされ、輪郭《りんかく》を失った。

「……綺麗ですよ」

小夜子のそんな心の奥底へ届いたのは、低く掠れた声だった。

夫となった彼とは違う、もっと男性的な堅い声。耳に心地良い音が胸を震わせる。

「全部、綺麗です」

「……」

驚いて見開いた小夜子の眼には、狂おしい熱を湛えた漆黒の瞳が映った。肉欲だけではなく、まるで小夜子自身を求めているかのような熱さに、一瞬呼吸も忘れる。

「ここも、それからこちらも、すべて美しすぎて……溺れそうになる」

「新雪を踏み荒らすような高揚だろう？　分かるぞ、甲斐。僕たちはやっぱりあの父親の息子らしい。女を思うさま嬲っている時が一番興奮する」

「あッ、あぁあっ！」

　お腹側を強く擦られ、小夜子は喉を晒して二度目の絶頂を迎えた。どんなに声を抑えようとしても、意思とは無関係に媚《こ》びた嬌声《きょうせい》が溢れてしまう。まるで発情期を迎えた猫のような自分の有様に、情けなくて涙が止まらない。

　ぐちゅぐちゅと音をたてて掻き出される蜜は太腿を伝い落ち、敷布まで垂れているのか、冷たさが不快だった。だがそれさえ忘れるほど、甲斐の指に翻弄される。

「涎《よだれ》まで垂らして、なんて気持ちよさそうに喘ぐんだろう。これで男の味を覚えたら、一体どうなってしまうんだろうね」

　伊織が何かを喋るたび、甲斐の指の動きが激しくなる。ざらつく内壁を執拗に抉《えぐ》られて、小夜子は身悶《みもだ》えしながら鳴き続けた。

　達したばかりだというのに、甲斐の責めは終わらず、快楽を覚えたての身体には無慈悲なほどに何度も波が押し寄せる。

「……も、もう、や、ぁっあ、あ――っ！」

　一際強く擦られた内側が膨らみ、甲斐の指を喰い締めて痙攣《けいれん》した。真っ白な光が弾け、音も匂いも消し飛んで、何もない世界へ小夜子は放り出される。短い時間のうちに三度も高みへ押し上げられたせいで、ぐったりと疲れ切った小夜子は敷布に沈んだ。

「おやおや、まだ眠ってしまうには早いよ、小夜子。本当の楽しみは、これからなんだから」

両脚を大きく開かされ、尻が浮きあがる。大きな影が覆い被さって、小夜子のこめかみに柔らかな何かが触れた。

「……そのまま、力を抜いていてください」

聞き逃しそうな囁きが落とされて、ぐずぐずに濡れそぼった脚の付け根を、硬いものが往復する。小夜子自身の蜜を纏い、馴染ませるように上下に擦られて、敏感な蕾が押し潰された。

「……ふ、ァッ」

ごくりと唾を飲む音が聞こえた。けれども、それが誰のものかを考える余裕は、小夜子にはもう残っていなかった。次の瞬間には、指などとは比べものにならない質量が侵入してきたからだ。

「……ぃ、やぁあっ！」

引き裂かれる痛みから逃れようと、なけなしの力を掻き集めて手脚を動かした。だが、逞しい体躯の下からは少しも抜け出せず、熱い杭は迷うことなく奥へと進む。拒む肉道の狭さをものともせず強引に開かれ、それに伴う激痛に、小夜子は眼を見開いて強張った。

「息を、止めないでください……っ、」

何故か顔を顰《しか》めた甲斐が小夜子の頬を撫でている。汗を滲ませた表情は苦しげで、額からは汗が滴っていた。

「ひ、ぁ」

気を逸らせようとでもいうのか、甲斐の手が小夜子の脇腹をなぞり、胸の頂を摘まむ。親指と人差し指の腹に何度も擦られて、消えかけていた快楽の埋み火が小夜子の中で再び力を得た。

「ぅ……あッ」

「ゆっくり……吐いて」

痛苦から逃れたい一心で甲斐の言う通りに従うと、僅かながら痛みが和らいだ気がする。

同時に、よくできたと言わんばかりに硬い手の平が頭を撫でてくれ、小夜子の眦《まなじり》からは新たな涙が零れ落ちた。場違いなまでに優しいその行為だけが、今、小夜子に縋れるすべてだった。

「ふ……ははは、可愛いよ、小夜子」

「……動きますよ」

「や、ぃ、痛……っ……」

だが、薄らぎかけた痛覚も甲斐が一度腰を引いたことで再燃する。

灼熱の棒で身体の内部を焼かれるような疼痛《とうつう》が小夜子を苛《さいな》んだ。入り口は限界まで押し拡《ひろ》げられ、腹の奥底まで蹂躙《じゅうりん》される。内臓は圧迫されて、呼吸もままならない。

「動かないで……っ」

はくはくと口を開いても、まともに空気は入ってこず、小夜子の手は空中を彷徨《さまよ》って助けを求めた。誰も救ってなどくれない。そんなことは分かっていても、水中をもがくように腕を伸ばす。

「まるで磔《はりつけ》にされた蝶だな。いや、蜘蛛《くも》の巣に捕らわれた獲物か？」

愉快だと嗤う伊織の声が小夜子の脳裏にこだまする。その中に確かに孕む歪んだ情欲が伝播《でんぱ》して、部屋の中は暗い興奮に支配された。

「いや……っ、あ、ぁあっ」

肌のぶつかる乾いた音と淫らな水音。それから男の嘲笑と荒い息づかい。そして小夜子の泣き声が充満してゆく。狂気が折り重なり、その場のすべてが泥の中に沈殿していった。

「小夜子……さん……っ」

「ん、ぁあっ」

甲斐を受け入れている場所のすぐ上にある赤く膨らんだ蕾を指で嬲られて、痛みで乾き始めていた小夜子の内部は再び潤う。

すると動きやすくなったのか、甲斐がぐっと腰を突き挿れてきた。その際に抉られたのは、先ほど小夜子が身悶えずにいられなかった一点。

「あ、あッ」

そこを刺激された瞬間、小夜子の全身が粟立ち、血が沸騰する。声に甘さが混じってしまうのを止められず、自己嫌悪に唇を噛み締めた。

「……傷がつきます。噛むならこちらを」

「ふ、ぅぐ……」

口内へ差し込まれた無骨な甲斐の指が、小夜子の歯を開き、舌を擽る。

口づけに似た愛撫《あいぶ》は、顎を緩ませるという目的を果たしてなお執拗に口の中を撫で摩《さす》った。下肢と上から奏でられる淫猥な水音が小夜子を耳から犯してゆく。

苦しくなって大きく息を吸い込んだ小夜子の身体から僅かに強張りが解け、その好機を見逃さない甲斐は上体を倒した。

「……っ!!」

今までになく深い挿入で、互いの腰がぴたりと合わさる。あり得ない距離に慄く間もないまま、引かれた甲斐の身体が振り子のように戻ってきた。

「あッ、や、あ、あァっ」

捏《こ》ねまわされる膣内が蠕動《ぜんどう》し、歓喜に震えながら迎え入れているのが自分でも分かってしまう。嫌だと泣き叫びながら、それでも身体は正直に甲斐を包み込んでいた。

一度きりの初夜の晩に、夫ではない男に抱かれている。それも義弟となった人間に、夫の眼の前で。手引きしたのは伊織。

「こんな……嫌ぁっ」

何よりも小夜子を苦しめるのは、この狂気に満ちた行為がもたらすのが、次第に痛みだけではなくなってきていることだった。

甲斐が荒々しく突き上げるたび、ぞくぞくと震えが走る。蓄積された熱が煮え滾《たぎ》って、出口を求めて身体の中で暴れ狂う。

彷徨っていた手は、いつの間にか甲斐に握られていた。指を絡ませ合い、強く繋がれる。それが命綱《いのちづな》であるかのような心地がして、小夜子からも握り返した。

近づく顔に口づけを予感したが、最終的に軌道の逸れた甲斐の唇は小夜子の首筋へと落ち着いた。

熱い舌の感触と湿った吐息に炙られて体温は上がってゆく。

心だけ、置き去りにして。

「小夜……子っ」

呼ばれた名は、いつだったか呼び捨てにして欲しいと告げたもの。けれども、あの時願った形とはまったく違う。否《いな》、合っているのか――

「ぁ、ああぁっ」

質量を増した甲斐が小夜子の体内で痙攣し、一気に弾けた。腹の中へ温かなものが広がり、大切な器官の入り口を叩く。その刺激で、小夜子は再び禁断の快楽に淩《さら》われた。

最後の一滴までも搾り出そうというように、望まない本能が奥へと子種を誘う。緩やかに動かされるだけで、快感の余韻が甘く小夜子を責め立てた。

――姦淫《かんいん》の罪を犯してしまった……

たとえ夫の手引きだとしても、その事実は変わらない。自分は今、重ねてはいけない肌を許し、あまつさえその精を飲み下してしまった。もしかしたら、子を孕んでしまうかもしれない。伊織ではなく、甲斐の子を。

「泣く必要はないよ、小夜子。お前は充分妻として僕を楽しませてくれた。もちろん、これからも頑張ってくれるよね？」

これは悪夢だ。悪夢に決まっている。

涙で霞む視界には、もう絶望しか映らない。真っ黒な闇は、無骨な美貌を湛えた男の形となって小夜子を覗き込んでいた。

「……貴女が傷つくことはない。悪いのは……俺なんだから……」

夢とも現とも知れぬ囁きは、夢の中へ逃げ込む小夜子の耳には届かなかった。

三章　虜囚

悪夢のような夜から三月《みつき》が過ぎた。

小夜子の一日は、花を活《い》けることから始まる。

祖母の織江に基礎から叩き込まれていたため、免状はなくともその腕前は確かだ。ただ、雪野原家が困窮してからはそんな余裕もなくなり、高価な花々を扱うことはできなくなっていた。けれど、その気があれば路端《みちばた》の草木でもそれなりに誂えることができる。

東雲家の庭は、専属の庭師が常に最高の状態を保っていて、四季折々の草花が咲き誇っていた。それ以外にも、望めば季節外れのものでさえ取り寄せることは可能で、薔薇や百合などの西洋花も選り取り見取りに手に入る。贅を凝《こ》らした花器《かき》を前にして、小夜子は無心に鋏《はさみ》を使っていた。

ぽとり、と軽い音と共に大輪の西洋紫陽花《あじさい》が膝の上に落ちてきた。

それを気にすることなく、小夜子は更に刃を当てる。

ぱちり、ぱちりと鋏が開閉を繰り返すたびに短くなる茎《くき》。主役である頭を失ってしまったそれは、ひどく惨めでもの悲しい。

障子を開け放たれた室内は、明るい陽光に惜しみなく照らされているにも拘らず、どこか陰鬱に湿っていた。小夜子の瞳もまた、暗く翳っている。

やがて、切ることのできない長さまで細切《こまぎ》れになってしまった紫陽花だったものが手からこぼれ落ち、畳の上へ散らばっていた。暫くぼんやりとそれらを見つめていた小夜子は、よろめく足で庭へ降りた。

明確な目的があった訳ではない。ただ、もうまともな花がなくなってしまったので、何か代わりになるものを摘もうと思ったのかもしれない。幽鬼《ゆうき》のような足取りで、鯉《こい》の泳ぐ池の淵《ふち》まで辿り着く。そこには何の草花も生えてはいないが、そんな矛盾には気がつかなかった。

水中を泳ぐ魚は、一見自由に見える。けれども、人工的な狭い檻《おり》の中で飼われているにすぎない。充分な餌《えさ》を与えられ、外敵もなく、愛でられるだけの毎日。求められるのは、飼い主の眼を楽しませることだけ。

「……まるで私と同じね」

違うのは、それを自覚しているかどうかの差だ。

何も考えず、与えられるものを受け入れてしまえば楽なのかもしれない。だが小夜子の精神はそれをよしとせず、限界の悲鳴をあげていた。

夜ごと繰り返される淫蕩《いんとう》の日々。

三人で閨に篭り、自分を抱くのは夫ではなくその弟――

一部始終を見られながら、言葉で嬲られて嘲られる。

肌を重ねるのは甲斐だけだが、実質二人の男に玩具にされているのと変わらない。

どれだけ泣いて許しを請《こ》うても、聞き入れられることなく淫らな宴《うたげ》に引きずり込まれる。

いつしか身体は慣れ始め、浅ましくも蜜を垂らして甲斐を受け入れていた。

「……っ、」

昨晩の己の痴態を思い出し、小夜子は頭《かぶり》を振って記憶を追い出す。何度も舌で愛撫され、達しそうになると焦らされ、はぐらかされ、最後には自ら求めてしまった。あまつさえ、甲斐の上で腰を振ってしまったなんて。

「嫌……っ！」

嘘だと思いたかった。自分の中にそんな淫らな性《さが》が隠されていたなど、考えたくもない。吐き気に耐えきれず、その場にしゃがみ込んだ小夜子の胎《はら》の中は甲斐の白濁で満たされている。毎晩注がれるそれは途切れることなく、小夜子を内側から塗りつぶしていった。そう遠くない将来、実を結んでしまうのは想像に難くなく、考えるだけで罪深さに足が竦む。

身に纏う衣装だけは御立派だが、その中身はこんなにも穢れている。小夜子は今や東雲家の嫁などではなく、娼妓《しょうぎ》に等しい。伊織と甲斐、二人の欲を満たすためだけの存在にすぎないなど、一体誰が信じてくれるだろう。父は駄目だ。万が一真実を知ったとしても、口を噤むに違いない。外聞を気にし、何よりも援助が断ち切られるのを恐れて。では祖母なら？

――こんなこと、とてもお祖母様には相談できない……！

もし小夜子の実情を知れば、全力で守ろうとしてくれるだろう。けれど、心臓の弱い祖母に、このひどすぎる現実を明かせるはずがない。きっと発作を起こし、死期を早めるに違いない。それでは、この婚姻を受けた意味がなくなってしまう。

――たとえどんな扱いをされようとも、受け入れようと決めたじゃないの……！　今更後悔するなんて虫がよすぎるわ……！

嫁ぐ前の決意を呼び起こして、小夜子は固く眼を瞑った。自分で決めたことだ。それを不幸ぶるのは身勝手でしかない。分かっているが、袖口から覗く手首に残る赤い痕に気がついて、涙腺が緩んだ。

何故か唇へ口づけない甲斐は、その代わりに小夜子の身体中に痕跡を刻む。それは花弁のような吸い痕であったり、軽い嚙み痕であったり。着物で隠れる場所には消える間もないほど数えきれない朱が散っており、それは夜を重ねるたびに執拗さを増していった。それもまた、自分が人として扱われていない証のようで、悔しくてならない。

初めこそ、小夜子の身体に甲斐が痕を残すことに難色を示した伊織だが、小夜子自身が嘆くのを見て嗜虐心が刺激されたらしく、今ではむしろ、どこそこに刻めと指示まで送ってくる。許しを得た甲斐は大胆になっていた。

「……泣いていたって、仕方ないじゃない……」

必死に己を鼓舞する言葉を吐き出して立ち上がろうとしても中々思惑通りにはいかず、視線は下を向いたまま自分の影だけを捉えていた。いくら陽射しは暖かく降り注いでも、小夜子の内面までは温めてくれない。冷たく凝った氷が聳《そび》え立ち、重く心にのし掛かる。

――いつまで、こんなことを続けなければならないの？

ずっと、という答えが聞こえた気がして、小夜子は背筋を震わせた。

――この先も一生？

絶望感に塗り潰され、眼の前が真っ暗になってしまう。漆黒の未来には何一つ希望の光は見つけられなかった。

『下ばかり見ているから、嫌なものばかり眼に入ってしまうのよ』

唐突に思い浮かんだのは、幼い少女の声だった。

「……え？」

どこかで聞いた覚えのある台詞。少し澄ました、年齢の割に大人びた言葉は小夜子の内側から響いてきた。

幼い頃の自分の声。けれど、深く追おうとすれば、たちまち霞んで遠退いてしまう。

「今のは……私？」

何とも生意気な物言いではあったけれど、納得してしまうところもある。あれは一体誰に向けた言葉だったのか。ぼんやりと曖昧な記憶の中に青年と呼ぶにはやや幼い面影が過《よぎ》った気がするが、すぐに霧散してしまう。

それでも、何故か小夜子の中には顔を上げる気力が蘇っていた。何かに励まされた心地がして前を向く。

——不幸に浸《ひた》っていても、何も解決しないわよね……

自分を哀れんで蹲《うずくま》ったままでいるのは、楽であるのと同時に、どこか心地良い。だが、そんなものに慣れてはいけないと空を仰ぐ。今は無理でも、いつかは普通の夫婦として伊織と過ごせれば……

過去の自分に背中を押され、小夜子は腰を上げた。

——甲斐さんも、きっと話せば分かってくれる。そうよ、私はまだあらゆる努力をしたとは言えないじゃない……

現状を打破する手立てはまだ残されているのではないか、そんな期待がふつふつと湧いてきた。ならば、今の自分に何ができるだろう？

ふと眼をやった先でひらりと揚羽蝶が舞った。黄と黒の模様を纏って、軽やかに空を飛ぶ。

何の気なしに眼で追っていた小夜子は、小さな悲鳴を漏らした。

「……ぁっ」

何もないと思えた樹々の間を抜けようとした瞬間、突然蝶はもがいて磔になっていた。暴れるたびに、きらきらとした糸で編まれた放射線状の罠が見える。

「蜘蛛の巣が……」

哀れな獲物は逃げようとするほどに身動きできなくなり、次第に抵抗を諦めたのか大人しくなっていった。

その巣の隅には、待ち構えたかのように捕食者が控えている。

このままでは無残に食い殺されてしまう蝶が、怯え震えているかに思え、小夜子は無意識にその巣へと手を伸ばしていた。

「おやめになった方がいい」

完全に無防備になっていた小夜子は、突然後ろからかけられた声に驚いて振り返った。

その際慌てたせいで、足を滑らせる。

「……っ！」

「危ない……っ！」

体勢を崩した身体は後方に傾いだ。立て直そうと引いた足は宙を踏む。

――あ……池……

落ちる、と覚悟を決め眼を閉じた小夜子は、次の瞬間力強い腕に引き戻され、硬い胸板へと抱き寄せられていた。

「きゃ……っ」

「危ないではないですか！　気をつけてください！」

「だって……貴方が急に声をかけるから……」

男の汗の匂いを鼻腔《びくう》に感じ、甲斐に抱き締められていると気づいた。今朝も明け方近くまで包まれていた香りに、不覚にも安堵してしまう。

悔しいけれど、小夜子は甲斐の匂いが嫌いではなかった。

だが、それを認めてしまうのは耐え難く、彼の腕の中から逃れようと身を捩る。

「あの……」

「……っ！」

小夜子の声に我に返ったという風情《ふぜい》で甲斐の身体は強張った。

そしてやや強引な仕草で小夜子の身体を押しやる。そのうえ、奇妙なほどに後ろに下がり、距離をとって両の手を背後に回した。

「……？」

「今のは、不可抗力です。邪《よこしま》な気持ちがあった訳では……」

「ええ、分かっています。助けてくださり、ありがとうございました」

夜も更けた刻限ならば、何の遠慮会釈《えんりょえしゃく》もなしに小夜子のすべてを蹂躙してゆくのに、昼間の甲斐は絶対に小夜子に触れようとはしない。

それどころか、自分から近づいてくることさえほとんどない。だから、今日のような機会は非常に珍しかった。

「ご理解いただけたのなら良いのですが、一体何をされていたのですか？　蜘蛛の巣に触れようなど……貴女の手が汚れてしまいます」

「蝶を……助けてやろうかと、思ったのです」

淫らな空気の充満した室内ではないせいか、小夜子は伊織と自然な会話を交わしていた。

それが不思議でもあり、擽ったくもある。薄闇の中、獣欲を滾らせた甲斐とはまるで違う、出会った当初のような、どこか傷つき凪いだ瞳をしていたからかもしれない。

「蝶……？　ああ」

小夜子の視線に促された甲斐が宙を見やり、頷いた。

「可哀想《かわいそう》かと思って……」

「可哀想？　何故？」

心底分からないと言いたげに甲斐の眉間に皺が寄った。その瞳には、嘲りも蔑みも浮かんではいない。

「……え、だって蜘蛛に食べられてしまいます」

「ええ、そうですね。でもそれの何が悪いのです？」

「何って……哀れだと、お思いにならないのですか？」

小夜子は唖然として甲斐を見上げた。

「小夜子さんは……蝶が蜘蛛に喰われるのが嫌だと仰るのですか？」

「当たり前ではないですか！　あんなに儚く綺麗なのに……！」

思わず荒げてしまった小夜子の声に甲斐は首を傾げる。

「けれど、蜘蛛だって生きています。餌を捕食しなければ死んでしまう。姿形が醜いものにも、平等に食べて生きる権利はあるのではないですか」

「……！」

目から鱗《うろこ》、とはまさにこのことだった。これまで考えたこともない発想に衝撃を受ける。まったくもって甲斐の言う通りだったから。

「蝶が美しいからと優先されるのは、俺には納得できません」

「あ……」

ぐうの音も出ず、小夜子は俯いた。独《ひと》り善がりで身勝手な正義を振りかざし、命に序列をつけていた自分がひどくみっともない。しかもそんな傲慢さに、今この時まで気づくことなく生きてきたのだから。

「……私、恥ずかしいわ……」

「小夜子さん……？」

「甲斐さんの言う通りです。ごめんなさい……」

偶々眼に入った蝶を助けたところで、それは自己満足でしかない。蜘蛛にとっては死活問題だ。命を救ったつもりになって、別のものを窮地に追いやる。それも、見た目を理由にして。

いつでも誇り高くあろうと心がけていた。毅然と背筋を伸ばし、公平な人間であろうとしてきたつもりだ。けれども、そんなものは幻想でしかなかった。突きつけられた事実に涙が滲む。

「私、物事の表面しか見ていないのですね。それで分かった気になっていたなんて……どうしようもないわ」

薄っぺらい己に失望して、小夜子は目尻を拭った。もしかしたら、他にも一面しか捉えずに見落としていることがあるのかもしれない。

「……俺は、憎いはずの男の意見を認められる貴女を、強くて素晴らしい女性だと思います」

「え？」

「……っ、いいえ、何でもありません……」

珍しく狼狽《ろうばい》を露わにした甲斐は、口を押さえて一歩下がった。更に空いた二人の間を吹き抜ける風が、甲高い音を奏でる。

刹那、視線が絡んだ。眼が合った、などという軽い偶然ではない。もっと明確な意思のもとに、逸らすことを許されない熱に射貫かれる。囚われた瞬間、小夜子は身体の奥底に灯る焔《ほのお》を感じた。

「……それに、蜘蛛は悪いことの象徴ばかりではありませんから」

何かをごまかすように甲斐はゆっくりと瞬きをする。

「地獄から救ってくれる、か細い希望の糸でもあるんですよ」

「……本を、お読みになるのですね」

　小夜子は数年前に読んだ一冊の本を思い出し、意外な心地のまま甲斐を見上げた。子供向けとして出されたものだが、含蓄《がんちく》に富んだ物語として印象に残っている。

　とある男が、生前の善行により地獄から救われかける話。結局は、己のことしか考えず他者を足蹴にしたことにより再び落とされてしまうのだが。

「面白そうなものは一通り。こんななりですから、似合いませんか？　兄にもよく、考えるよりも身体を動かす方が得意だろうから、無意味なことはするなと言われますよ」

「い、いえ、そんな……！」

　確かに、甲斐は頭よりも身体を動かす方が得意そうな立派な体躯だ。だが、意味がないとか似合わないとは、小夜子も思ってはいない。

けれど慌てて否定すればするほど嘘臭く、奇妙な間が空いてしまった。尤《もっと》も、甲斐は愉快そうに微かに眼を細めていたのだけれども。

　狼狽する小夜子を暫く楽しそうに眺めていた甲斐だったが、さすがに哀れに感じたのか、おもむろに話題を変えてきた。

「……小夜子さん、身体は辛くないですか」

「……っ、貴方が、それをお聞きになるのですか……っ」

　からかわれていると感じた小夜子は、咄嗟に甲斐を睨みつけた。羞恥に焼かれ、頬が真っ赤に染まる。手の平にかいた汗を悟られたくなくて強く拳を握り締め、小夜子は強引に眼を逸らした。これ以上見つめ合っていては、よからぬことが起きそうな気がして怖い。

「……そうですね。まったく、その通りです」

自嘲気味に吐かれた甲斐の言葉は、風に散らされた。曲がりなりにも和らいでいた空気が再び緊張を孕んだものになり、訪れた沈黙が耳に痛い。どうにも居心地が悪くて、小夜子は遠くの空へ視線を向けた。

「……伊織様は、今日もお仕事なのですね」

休日であるはずなのに、早朝から伊織は出かけていた。彼が家にいることは少ない。だから、必然的に小夜子との会話も生まれなかった。

「……ええ、そうです」

甲斐の微妙な間に小夜子は嘘を感じ取った。女の勘がいつぞやのミルクホールの女店主を思い出させる。そもそも仕事であるならば、伊織はいつも甲斐を伴っている。甲斐がここにいるということこそ、疚しい用件であることの証明に他ならない。

「……そう」

突き詰めようとは、思わなかった。脱力感がのし掛かり、虚しさが胸を過る。形ばかりの花嫁は、夫にとって新しい玩具でしかない。なけなしの決意は瞬く間に萎《しお》れてしまう。前を向こうと決めたばかりだというのに、心は簡単に折れてしまった。

「……っく、」

めそめそ泣きたくなどないのに、東雲家に嫁いでからというもの、小夜子の涙腺は緩み っ放しだ。小さな刺激にも容易に涙を溢れさせる。

必死に息を止めて堪えようとしたが、無情にも雫が頬を伝った。

「どうか、泣かないでください……」

困り果てたと言わんばかりに顔を顰めた甲斐が手を伸ばす。だが、小夜子の肌に触れる直前にその手は下ろされた。まるで、恐れるように。

握り締められた彼の拳を見ながら、小夜子は心の片隅で落胆している自分には気がつかなかった。あの大きな無骨な手に触れられたいなどとは、抱いてはならない望みであったから。

樹々の間では、粘着質な糸に絡め取られた蝶へ、今まさに蜘蛛が襲いかかろうとしていた。

「……アっ、あ、ああッ」

獣のように四つん這いの姿勢のまま、小夜子は揺さ振られていた。大きな手に腰を摑まれ持ち上げられているせいで逃げることは叶わず、背後からの荒々しい抽送を受け止めるしかない。

「ゃ、あ、ん……ぁあっ」

「もっと顔をあげておくれ、小夜子。下を向いては駄目だよ」

眼前には脚を崩して座る夫。恍惚《こうこつ》の表情を浮かべて、甲斐に抱かれる小夜子を眺めていた。用意させた酒を猪口《ちょこ》に注ぎ味わうさまは寛いでいて、とても狂気の宴を指示しているとは思えない。

「ぃ、や……見ないで……っ」

小夜子は行為自体嫌悪していたが、特にこの体勢が嫌いだった。何故なら、甲斐に貫かれている最中、伊織は必ず小夜子の正面に座るからだ。そうなれば、否が応でも乱れる顔を見られてしまう。そしてこちらからも、はっきり確認できてしまう。別の男に抱かれている小夜子を視姦する夫の姿が。

「甲斐、小夜子の顔をあげさせろ」

「ふ、ぁ、あ、あああッ」

ぐりっと奥を抉られて、小夜子の視界は真っ白に染まった。脳が焼き切れ、手脚が痙攣する。一番深くまで到達していた甲斐を締め付けて、精を強請《ねだ》るように中が蠕動した。

「……っ、く」

男の凄絶な色香を孕んだ呻《うめ》き声と汗が小夜子の背中に落ち、その雫さえ達したばかりの小夜子には官能的な刺激となった。

「……ぅ、あ……」

未だ硬度を保ったままの昂ぶりが、小夜子の中でゆっくり抜き差しされる。腕の力が抜けてしまった小夜子は、尻だけをあげた状態で布団に崩れ落ちた。

「おい、甲斐。聞こえなかったのか？　これじゃあ面白くないじゃないか。僕は小夜子が善がり狂う様をもっと見たいんだから」

不満を露わにした伊織が甲斐を糾弾していたが、絶頂の余韻の中を漂っている小夜子にはどこか遠い出来事のように感じられる。ただもう休ませて欲しいとだけ願い、それが叶わないこともよく分かっていた。

「……小夜子さん」

「ぁ……っ!?」

背後から逞しい腕が肩と腹に回されたと思った次の瞬間には、小夜子は抱き起こされ、胡座をかいた甲斐の膝の上へと座らせられていた。背中に感じる堅い胸板は、しっとりと汗に濡れ、荒い呼吸を繰り返している。

「や……っ！」

小夜子はまるで赤子のように脚を開かされ、抵抗する間もなく再び熱い屹立に貫かれた。

「これはよく見える。いいぞ、甲斐。そのまま小夜子を楽しませてやれ」

「あっ、ぁ、あッ」

ぐぷ、ぐちゅ、と聞くに耐えない淫らな水音を奏でながら、下から突き上げられる。小夜子の自重で深々と突き刺さった熱杭は、容赦なく隘路《あいろ》を蹂躪した。

「い、や、あっ……ぁあ！」

曝け出された恥部へ注がれる視線を、少しでも避けようと膝に力を込めたが、甲斐の手によりあっさり開かれてしまう。そのうえ敏感な芽を擦られ、小夜子は背筋を仰け反らせ悲鳴をあげた。

「ぁあぁッ」

鋭い快楽が突き抜けて、全身に震えが走る。せめて結合部を隠そうとした手は、意思と関係なく跳ね躍《おど》った。

「お願……、見ない、で……」

それでも羞恥は消し去れず、息も絶え絶えに懇願する。

無駄と知りつつ繰り返される哀願は、哀れでさえあった。何も見たくない。聞きたくない。甘美な責め苦からも絡みつく視線からも逃れられないのならば、いっそすべてを遮断してしまいたい。

「ああ……正に理想通りだ……淫らなのに清廉な、僕の小夜子」

「……ん、ぁッ」

胸を揉みしだいていた甲斐の手が、小夜子の首から顎を辿り、頬から額へ移動した。そしてそのまま頭を抱え込まれて視界を遮られる。瞳を大きな手の平に塞がれたせいで小夜子は戸惑い慄いた。

「甲斐……さん!?」

伊織に凝視されているのが見えるのは辛い。けれども、何も見えないのも恐ろしい。慌てて甲斐の手を振り払おうとしたが、耳朶を食まれたことで失敗してしまった。耳の穴に熱くぬめる舌を差し込まれ、頭に直接水音が響く。その淫靡な音色が小夜子の理性を食い荒らす。

「は……っ、ぁ、あッ……」

耳へ直接注がれる音と吐息、背中から伝わる体温、甲斐から与えられる快楽――それだけで世界が埋まってゆく。

視覚を奪われたせいで、他の五感が鋭敏になり、不要なものは消え去った。的確に小夜子の感じる場所を攻めたて追い上げる指の動きに翻弄され、舌の熱さに逆上《のぼ》せてしまう。

そして体内に施される愛撫で何も考えられなくなる。

ただひたすらに――気持ちが良い。

「あッ、……ぁ、ひぁ……っ！」

無意識に蠢《うごめ》く小夜子の腰は、貪欲に快楽を求め、喜悦の果てを目指す。もはや羞恥さえも糧《かて》にして、一気に階段を駆け上ってゆく。

「あっ、嫌……っ、こんな……駄目……っ！」

嫌だと言葉では言いながらも、心は身体を裏切って、一時の享楽の虜《とりこ》になっていた。それが小夜子にとって辛いことであればあるほど、苦痛から逃れるために浅ましく陶酔を求める。その瞬間だけは、何もかも忘れられるから。

「こんなに……俺を食いしめておきながら……っ、よく言う……！」

　持ち上げられては落とされ、子宮の入り口を叩かれて小夜子は身をくねらせた。開きっ放しになった口の端からは、唾液が垂れ、零れる嬌声が止められない。止めどなく溢れる蜜液が激しい抽送を手助けした。

　膨れた花芽を親指と人差し指で擦り合わされて、甲斐の形がはっきり分かるほどに小夜子の内部が収縮する。

　甲斐に全身を預けながら、小夜子は甲高く鳴いた。

「……あッ、あぁぁあ――――ッ」

「……っ」

　一息遅れて、胎の中に広がる熱を感じた。びゅくびゅくと断続的に注がれる白濁は、夜の闇よりもなお昏《くら》い。

　完全に弛緩した小夜子の身体は、ぐったりと甲斐に寄りかかった。自分と同じか、それ以上に速い鼓動が聞こえてくる。荒い呼気を擦り付けるように、甲斐は小夜子の首筋へ口づけていた。

「……ぅ、あ……こんな……もぅ、やめてください……」

「おかしなことを言うね、小夜子。お前だってあんなに喜んでいたじゃないか」

　今夜だけで何度目か分からぬ小夜子の願いは、上機嫌の伊織に一笑に付された。

「喜んでなど……っ」

「筋が良いよ、小夜子は。順応力があるのかな。それでも堕《お》ちきらないところが、本当にそそる。お前は生まれながらに男を誑《たぶら》かす淫婦に違いない」

「……ひどい……」

侮蔑の言葉は伊織にとっては褒めているつもりだったらしい。

傷ついた小夜子を見て心底不思議そうに首を傾げられ、互いの間にある深い溝を感じた。

「甲斐さん……っ、貴方なら……」

小夜子とは違う公平なものの見方ができる甲斐ならば、きっと理解してくれるはず。そもそも最初の夜、彼は渋《しぶ》っていたのだから。

昼間のやり取りが小夜子に勇気を与えていた。淡い期待を胸に、小夜子は未だ自分を抱きすくめる男を振り返った。

「……諦めてください。余計なことは考えず、小夜子さんはこの家で子を孕めばいい」

「……！」

「東雲の跡取りを――俺の種で」

縋り付いた糸は、ぷつりと途切れた。

四章　人形

「いや、素晴らしい遊宴《ゆうえん》ですな。集まる顔触れもそうそうたる……」

小夜子の父は酔いに染まった顔で笑み崩れた。

「本日は東雲家主催の夜会にお越しくださり、ありがとうございます。雪野原子爵は僕にとって本当の父親も同然なのですから、どうぞ堂々と構えていてください」

「ああ、小夜子は本当に素晴らしい男性と縁づいたな。その洋装もよく似合っているぞ」

「ありがとうございます、お父様……」

今夜は各界からの要人が大勢集められ、華やかな宴が催されていた。東雲家の権勢を誇るかのような煌《きら》びやかな酒宴は、金に糸目をつけない豪華さだ。

小夜子の纏うワンピースも、海外から取り寄せた一流の職人の手によるものらしい。慣れない裾丈と露出した腕が気にかかり、小夜子は先ほどから心ここにあらずだった。

立派な身形《みなり》をした様々な人が入り乱れる中、小夜子は人形のように飾り立てられ、伊織の横に佇んでいる。そして後ろには甲斐が控えていた。

「噂通りお美しい奥方だ。雪野原子爵の掌中の珠《たま》を手に入れるなんて、さすがは東雲家の御当主ですね」

広間の中心で人に囲まれていた伊織たちの前に、背の高い若い男が割り込んできた。

髪を後ろに撫でつけ、細い眼に奇妙に大きい鼻が印象的な男は、意味深に口角を引き上げる。そこはかとなく漂う下卑た空気が小夜子へ微かな不快感を抱かせ、まぶされた嫌味に伊織は鼻白んだ顔をした。

小夜子の生家である雪野原家が没落の一途を辿っていたのは、周知の事実だ。そして、この結婚の身分差を埋めるものが金銭であったのも。

つまりは、この男はそれを皮肉って侮蔑を隠そうともしていない。ただ、あくまでも表面的には友好的なのが質が悪かった。

「ええ。僕は幸せ者ですよ。ところで貴方はどなたです？　申し訳ありませんが、僕は存じ上げないのですが」

挑発する伊織の言葉に、男の顔へ朱が走る。お前など知らないし、招待した覚えもないと小物扱いされたも同然だ。それも公衆の面前では面目が丸潰れになってしまう。小夜子にもそれは理解でき、不安な面持ちで二人を見上げた。一気に緊張を孕んだ雰囲気の中で、男の怒気が膨れ上がる。

「……この、成り上がり者が……っ」

すぐそばに立つ者にしか聞こえない小さな声だったが、一触即発の空気に変わった。伊織は冷ややかな笑顔を張り付けたまま眼前の男を睥睨《へいげい》している。

「真鍋《まなべ》様、とても素敵なお召しものですね。それに流行の髪型がとてもよくお似合いだ」

突然背後からかけられた言葉は、引き絞られた場を崩した。

睨み合っていた伊織と男の間に甲斐が立ち、普段からは考えられないような柔和な笑みを浮かべていた。

「最近の真鍋様のご活躍は目覚ましいものがあります。若輩者の私には勉強になることばかりです」

「な、何だ君は」

「申し遅れました。私は東雲甲斐と申します。色々勉強中の身で兄には遠く及びませんが、よろしければ真鍋様からも厳しい経済界で生き抜く方法をご教授いただきたい」

突然の丁寧な対応は予想外だったらしく、男は眼を白黒させていた。あくまで下手に出る甲斐は、さり気なく男を伊織から引き離し壁際へと誘導する。

「先日は海外との大きな商談を纏められたそうですね。素晴らしい手腕であったと聞き及んでおります。もしご迷惑でなければその際の話など聞かせてはいただけませんか？」

「その話はまだ公にされていないはずだが……」

「良い噂というのは、勝手に広まるものですよ。それに真鍋様は時代を先取りしていらっしゃいますし、周りも注目しておりますから」

愛想の良い追従に気を良くしたのか、男は満更でもない様子で甲斐に向き直った。

「そ、そうか？　では……」

「ええ。ゆっくり話せる別室にご案内いたします」

男を伴った甲斐は小夜子たちを振り返ることなく退出してゆき、その場は何事もなかったような賑わいに戻っていった。

どうなることかと案じていた小夜子は、ほっと息をつく。

悪くなった空気を鮮やかな手口で収めてしまった甲斐の手腕に内心舌を巻いてしまう。寡黙な男だと思っていただけに、饒舌な彼はとても意外だった。

それに、彼は東雲の体面と伊織を庇ったにすぎないのだが、何故か小夜子の名誉をも守ってくれたような心地がしてしまう。

——馬鹿ね、勘違いも甚だしいわ……

「……っ、面白くないな」

不満も露わに伊織は酒を呷《あお》った。

「小夜子、こちらにおいで」

「は、はい」

伊織が腰を抱いて、殊更に夫婦仲の良さを来客達に見せつける。わざとらしいと感じつつ、小夜子は従わざるを得なかった。

「甲斐め、出しゃばって……」

「で、でも、甲斐さんのお陰で丸く収まりました」

「何だって？　小夜子はあれの肩を持つのか？」

しまった、と己の失敗を悟った時には遅かった。

半眼になった伊織が小夜子を睨み下ろしている。それははたから見れば、見つめ合う新婚夫婦として映ったことだろう。しかし小夜子には、伊織の怒気と侮蔑が充分に感じられた。

「羨ましいほど、お似合いの二人ですな」

「ええ。僕はすっかり妻に夢中なんです」

先ほどのやり取りに気づいた者はおらず、皆笑顔と共に賛辞を贈ってくる。

如才ない伊織は、完璧な外面で笑みを返した。けれどその内側では、先刻の男と同じ嘲りを抱えているのかもしれないと思うと、小夜子は憂鬱な気持ちになってしまった。

――和やかに見えても、すべて偽りなのかもしれない……

虚飾の上に成り立った宴など、虚しいだけ。

睦まじい夫婦の振りは、小夜子を疲弊させる。伊織の唇がこめかみに落とされた時、無意識に身体を強張らせてしまった。

多少潔癖の気がある伊織は、他者から触れられるのを極端に嫌がるので、夫であるはずの彼との性的な接触は一度もなく、こうして傍にいるのも小夜子は慣れなかった。

――夫よりも別の男性に肌が馴染んでいるなんて……

我ながら汚らわしいと思う。自身から腐臭が漂いはしないかと小夜子は気が気でなかった。

伊織は小夜子を連れ、賓客へ挨拶に回る。求められた役割は、お人形のように微笑むだけ。踵の高い靴のせいか足が痛くて堪らなかったが、とても言い出せる雰囲気ではなく、これ以上夫を怒らせる訳にもいかないので、小夜子は必死に笑みを形作った。

——甲斐さんは大丈夫かしら……

何人目か分からない客に応対しながら、小夜子は甲斐の去った扉を見つめていた。男と共に出ていってから、ずいぶん経つ。まさか揉め事など起きていなければいいのだけれど、と思案に暮れていると、腰を抱く伊織の腕に力が篭った。

「何を考えている？　小夜子」

「……いえっ、何も……」

まさか夫の傍らで他の男のことを考えていたとは言えない。そこに疚しい感情がなくても、小夜子は慌てて頭を振った。

「その、少し疲れてしまって……申し訳ありません」

「……ふぅん」

納得しきってはいない伊織が何か発する前に、小夜子は必死に取り繕おうと笑みを浮かべる。そんな窮地を救うかのように、小柄な初老の男が二人へ会釈をしてきた。

「東雲さんの勢いは、今や押しも押されもせぬ盤石なものだね」

「ああ、池之端《いけのはた》様。ようこそおいでくださいました」

沢山の取り巻きを連れた男は、小夜子でさえ顔を知っている大物実業家だった。

今は引退したとはいえ、まだまだ各方面に影響力を持つ重鎮。財界はもちろん、軍にさえ顔が利くと言われている。一見好々爺《こうこうや》然としているが、その実、瞳には老獪《ろうかい》な光を宿している。老いてはいても、油断のならない人物であるのは明白だった。

「お待ちしておりました。どうぞ、こちらに」

「それより、この方が新しい奥方かな？　お美しくて羨ましい」

「ありがとうございます。恥ずかしながら、分不相応にも天女に焦がれてしまいました」

「天女とは！　惚気《のろけ》られたものだな！」

池之端の笑いに周りもつられ、伊織の機嫌も持ち直したかに見えた。だが、次に発せられた池之端の言葉に、再び下降してしまう。

「本日、甲斐さんはいらっしゃらないのかな？」

「……あれは今、酔客の相手をしております」

「そうか。残念だな。普段はあまり表には出てこないようだから、今夜は話ができるかと思っていたんだが」

立派なあご髭をなでながら、池之端は眉をあげた。

「甲斐に何かご用でしたか。池之端様の前へ出られるような礼儀も身につけていない荒くれ者ですが」

「ん？　いや、中々優秀な男と聞き及んでいるからな。それに将棋が強いらしいじゃないか。私は趣味が将棋なんだが、最近良い対戦相手がいなくてね。是非一度手合わせ願いたいと思っていたんだ」

「……はぁ」

甲斐と将棋、というのがあまりにかけ離れた印象で、小夜子は驚いていた。それは伊織も同じであるらしく、間の抜けた表情をしている。

体力や腕力の印象が強いだけに、違和感が拭い去れない。けれど、先ほどの鮮やかな話の逸らし方や読書を好むのを見る限り、案外知略を巡らせるのも得意なのかもしれない。

小夜子は甲斐があの大きな身体で将棋盤に向かい合っているのを想像すると、妙に微笑ましい気がした。

「残念だが、せっかくきたのだし、楽しませてもらうよ」

池之端はそう言うと伊織たちに背を向けた。

「……甲斐はまだ戻らないのか……っ、あんな男に何を手間取っているんだ？」

苛立ちを隠そうともせずに伊織は吐き捨てた。いつもの余裕は消え去り、剣呑《けんのん》な眼で辺りを見回す。

「……ちょっと、あいつを探してくる。まったく、僕の傍から離れたら、用心棒の役目もまともに果たせないじゃないか。役立たずがっ……何故池之端様はあんな奴を……」

独り言とも小夜子への愚痴ともとれる呟きを残して、伊織は会場を後にした。独り放り出された形の小夜子は、居心地悪く他の来客の相手をする。父は別の一団に囲まれて話をしており、小夜子には目もくれない。大勢の人がいるにも拘らず、小夜子はひどく孤独を感じてしまった。

「伊織さんは？」

　と問われるたびに答えに窮し、いつまでたっても二人は戻らない。いい加減場を繋ぐのも限界になり、小夜子は伊織の腹心である斉藤に声をかけて彼らを探すことにした。

　真鍋と呼ばれていた男を連れていったのなら、近くの空き部屋である可能性が高い。その予想は当たり、廊下を進んだ先、兄弟の声が漏れ聞こえる扉の前で、小夜子は安堵の息をついた。

「お前、僕に恥をかかせる気か！」

「そんなつもりはありませんよ。でも、ああいう自信家の輩は、怒らせると後々面倒なんです。それに真鍋は少々強引な手口ながら勢いのある実業家です。生まれは遠く遡《さかのぼ》れば華族の出にも連なる家系だ。上手く付き合って損はありません。敵対するより、取り込んでしまった方が得策だと思います」

「僕に指図をするな！　妾の子の分際で！」

　何かが倒れ、割れる音が室内からした。扉を開きかけていた小夜子の手は止まってしまう。

「とにかく早く池之端様の元に行け！　何だか知らないが、お前に会いたいそうだからな。

くれぐれも僕の足を引っ張るような真似はするなよ！」

「……はい」

部屋から出てきた甲斐は廊下に立っていた小夜子を見て、一瞬眼を見開いたけれども、唇を引き締めて何も言わずに立ち去った。開かれたままの扉の中には、椅子に腰かけた伊織が天井を仰いでいる。

「あの……伊織様」

床には割れた壺が転がっていた。確か窓際に飾られていたそれは、見る影もなく粉々になっている。

「何だ、小夜子。お前まで会場を空けていたら格好がつかないじゃないか」

「も、申し訳ありません」

勝手な言い分だが、小夜子は反射的に頭を下げる。すると、伊織は忌々しげに舌打ちした。

「どいつもこいつも、甲斐を気にして……お前の夫は東雲家の当主である僕だろう!?」

「は、はい。もちろんです」

「……まぁいい。小夜子、こっちへおいで」

伊織の手招きに従い小夜子は歩を進める。座ったままの伊織の前まで辿り着いた瞬間、力ずくで床に組み伏せられていた。

「伊織様……っ!?」

「ああ、むしゃくしゃする。ねぇ小夜子。妻ならば夫の機嫌を取るのも仕事のうちだと思うだろう？」

「え……？」

不機嫌な表情から打って変わって、にんまりと歪んだ唇には悪意が乗っている。小夜子は鋭く息を吸い込んだ。

「今から適当な男を連れてくる。ここでお前の痴態を見せてくれ」

「……っ!?」

「甲斐ばかり相手にしていてもつまらないだろう？　そろそろ別の男も試したいんじゃないか？　それにここ数日は今日の準備に忙しくて小夜子を構ってやれなかったから、もう疼いて仕方ないんじゃないか？」

信じられない提案に心底から震えが走る。戯れとはぐらかそうとしたが、小夜子は伊織の瞳の中に滾る欲情を見つけてしまった。

「い、嫌です！」

「お前に拒否権はないよ」

場違いに優しい伊織の手が小夜子の髪を撫でる。指先で目尻を擽られ、肌が粟立った。

「斉藤に見繕わせよう。なぁに、心配いらないさ。浴びるほどに金を持つ者は、平凡な遊戯に飽きているのが多いからね。すぐに二、三人は集まるさ」

「……ひっ」

――嫌。甲斐さん以外には。

浮かんだ思考に誰より驚いたのは小夜子だった。

見知らぬ男に身体を蹂躙される恐怖と嫌悪感が堪えがたいほど膨れ上がる。それは、夫である伊織にも向いた。

「触らないでぇ……っ！」

服の上から胸を揉まれ、背筋が震える。両手を突っぱね逃げようとしたが、いくら伊織が細いとはいえ、男女の腕力差では敵うはずもなく押さえ込まれてしまった。

「僕は自分で女の身体に触れようと思ったことはあまりないけれど、これは中々触り心地が良いな。偶には自ら遊ぶのも悪くないかもしれない。お前は僕を不能だと思っているかもしれないけれど、そんなことはないんだよ」

「……っ！」

夫婦であるのだから、それが自然な形だ。正しい位置に納まろうとしているのを頭では理解しているにも拘らず、小夜子の本心は拒絶を訴えた。

「お客様がいらっしゃいます……！　それに、父も……っ」

「だから何だい？　むしろ興奮するだろう？　あまり騒ぐと誰かに聞かれてしまうかもしれない。それに早く戻らないと、探しにくる者がいるかもしれないね」

やめる気などさらさらない様子の伊織は、小夜子のワンピースを捲り上げた。剝き出しになった脚へ視線が注がれる。

「おや、僕はワンピースと一緒に下着も贈ったはずだけれど？」

揶揄する伊織の声に、小夜子は羞恥で真っ赤になった。

普段ならば着物であるから腰巻きを身につけている。それが当たり前だし、慣れているから今日もそうしていた。どうにもドロワーズという下穿《したば》きに馴染めず、どうせ誰に見られる訳でもあるまいと思っていたのだ。

洋装の今、改めて指摘されるとひどく恥ずかしい。

「そ、それは……っ、」

「ああ、言わずとも分かっているよ。期待していたんだろう？　すっかり淫らになって」

「違います！　そんなつもりじゃありません！　ど……して、こんなひどいことばかり……！」

理解できない思考は恐怖の対象でしかない。のし掛かる夫が異形の化け物に感じられ、小夜子の涙腺は決壊した。

「どうして？　もちろん、愛しているからだよ」

「でしたら普通に……！　普通に愛してください……っ！」

そうであれば、夫に仕える良き妻として、己を律していられる。甲斐だけに触れられたいなどという邪な想いなど、入り込む余地もなくなるはずだ。

「これが僕の愛し方だよ。通り一遍の男女の性愛など、くだらない。それよりも、既成概念に捉われない自由な関係こそが高尚なのさ」

伝わらない言葉は無意味に砕けた。小夜子の中で、信じていた愛情の定義が曖昧になる。嫁いで以来、すっかり狂った箱庭に閉じ込められ続けたせいで、物事の常識は歪んでしまっていた。

――夫に従うのが妻の役目……

別に死ねと言われている訳じゃない。ほんの暫く、眼を閉じ、流れに身を任せていればいい。それだけで夫は喜んでくれるし、雪野原家も助かる。

そもそも自分はもはや綺麗とは言いがたい身の上だ。迷う必要などなく、選ぶべき選択肢はただ一つ。

――どうせ、誰も助けてはくれない。もちろん、甲斐さんだって――

理性は諦めを促し、閉じようと躍起になっていた膝から力が抜けた。伊織の手が小夜子の脚を這い上る。

「小夜子は本当に可愛い。僕はいい買い物をした」

解かれた腰巻きはただの布となって床に広がった。それをもう恥ずかしいと思えないほどに麻痺した小夜子は、虚ろな瞳で天井を眺めていた。

――どうでも、いい。

今の一言で、確かめたくもない現実を再認識した。

もう、何の説明もいらない。伊織は妻という名の玩具を購入したのだ。好きなだけ嬲って壊しても構わないお人形。求められているのは、見た目だけ整えて笑っていること。

一生、伊織の作り上げた牢獄から出られないなら、正気などなくしてしまえば楽になれる。与えられる快楽を認め貪って、享受してしまえばいい。小夜子の形をした人形になり、無駄な心なんて捨ててしまおう。

だが、いざ細く長い指が下肢に触れた瞬間、本能が「違う」と叫んだ。

――これじゃない。あの人は、もっと硬くて無骨な指をしている――

「……嫌っ!」

「兄さん、池之端様がお帰りになります。お見送りされた方がいいのではないですか?」

扉を叩くのもそこそこに、甲斐の感情を押し殺した声が室内に響いた。

小夜子が眼をやれば、後ろ手に扉を閉めた甲斐が立っている。表情に乏しいのはいつも通りだが、その眼は暗く沈み、息は弾んでいた。

「……不粋だな、甲斐。今は取り込み中だ。見て分からないのか?」

「奥方を愛でるよりも、優先した方がいいと思いますが」

珍しく兄の言葉を遮るように発せられた甲斐の台詞は尤もで、伊織は不本意さを露わにしつつも小夜子から身体を起こした。

「……仕方ないな。主役の僕が行かなければ格好がつかないか。――小夜子、今夜はたぶん遅くなる。楽しみはまた次回だな。甲斐、池之端様は僕一人でお見送りするから、お前は来なくていいぞ」

「……はい」

邪魔だと言わんばかりに肩をいからせた伊織はぞんざいに手を振った。そして伊織に付き従い部屋を出ようとした甲斐の眼前で扉は乱暴に閉められ、未だ床に転がったままの小夜子と残される。

「……いつまで、そうしているつもりですか」

放心状態の小夜子は、甲斐に言われて、下半身を露出したままなことに漸く気がついた。のろのろと緩慢な動作で身を起こし、剝ぎ取られた腰巻きを整える。その間、甲斐が視線を逸らしていてくれたことだけが救いだ。

惨めで悲しいはずなのに、もう涙も出やしない。

いつの間にか脱げていた靴を履き直そうとしたが、踵を擦り剝いて痛くて堪らないので諦め、指にかけたままぼんやりとする。

立ち上がる気力はすでになく、手さえ差し伸べてくれない甲斐が恨めしい。

――私が、汚いから？　でも、汚したのは、貴方の方じゃない……

思えば、いつも彼は小夜子に必要以上には近づこうともしない。夜、伊織を交じえた閨以外では。例外は、いつかの庭で小夜子が池に落ちかかった時だけ。

「……足の、傷の手当てをさせましょう」

「……必要ありません」

そんなことは気がつくのかと、滑稽に思う。他者には分からないよう、あからさまに痛みを堪えるような真似はしていなかったつもりだが。

「膿んだら大変です。すぐに人を呼びます」

「必要ないと、言っているでしょう!? そんなに気になるのなら、貴方がしてください！」

言葉とは裏腹に決して距離を詰めようとはしない甲斐に苛立ち、思わず出した大声は、彼の表情を歪ませた。けれど、不快というのとも違う、どこか苦しげなそれは、小夜子を戸惑わせる。

「……できません。兄との約束がありますから」

「約束……？」

「今、曲がりなりにも俺が貴女に触れることが許されているのは、俺が道具に徹しているからです。もしも俺がその枠からはみ出した感情を抱き、従わなかったと知れば、兄はきっと――」

「……感情……？」

意味が分からず、小夜子は甲斐を見つめた。その瞳に期待が宿っていたのには本人さえ気づかないまま、刹那、二人の視線が交差する。

「……いえ、何でもありません」

逃れるように逸らされた瞳だけですべてを読み取るには、小夜子は甲斐について知らなすぎた。だから、眼に見えるものが表面的な一部だとしても、否定も肯定もできやしない。

勝手に期待し、勝手に失望したにすぎないのに、小夜子の胸は空虚に冷えた。閉ざされ狭まる幻に心は軋み、限界を迎える。

「……私、貴方が嫌いだわ……」

「……知っていますよ」

小夜子は自分自身への嫌悪を甲斐への攻撃に変えて立ち上がろうとした。だが、ぐにゃりと視界が歪む。

「……ぁ」

疲弊し切った小夜子の精神は現実を拒絶し、暗転した。

五章　発熱

少年は地べたに大の字で転がったまま、空に向かって悪態をついた。

大通りから少し入った路地裏は、表の喧騒と打って変わって静寂に変わる。痛む身体を引きずって、彼はどうにか薄汚れた壁の傍へと身を横たえていた。

雨は暫く前に止んだとはいえ、ぬかるんだ泥が気持ち悪い。背中越しに伝わる水気にうんざりしながら少年は奥歯を噛み締めた。

——三人までなら負けやしなかったのに。

卑怯にも相手は五人で少年を取り囲み、無茶苦茶な暴力を振るってきた。それも全員、少年よりいくつか年嵩の体格が良い青年たち。

——くそっ、痛ぇ……

首謀者が誰かは分かっている。だが、仮にこちらが勝ったとしても奴らは口を割らないだろうし、報復などできるはずもない。

少年は半分だけ血が繋がっているらしい兄の狡猾な顔を思い出し、横を向いて血液混じりの唾を吐いた。こんな時だけ悪知恵が働く兄は、決して自分の手を汚そうとはしない。

母は元芸妓で、女手一つで自分を育ててくれた。

彼女が身につけた唄《うた》や踊りはなかなかのもので、座敷でのお得意様も少なくなく、田舎の温泉街とはいえ、繁盛していた。

明るく逞しい女性で病気とは無縁であったが、ある日事故に巻き込まれた他人の子供を庇って、多少身体が不自由になってしまった。日常生活に支障はないが、走ったり、ましてや踊りなどはもうできない。

少年は悲しかったけれど、何とも母らしいとも思った。彼女は、「あの子が無事なら、問題ないじゃない」と屈託なく笑っていたから。

そんな母が大好きだし、尊敬もしている。これからは自分が彼女を支え護ってゆくつもりだ。幸い同年代の子供に比べれば身体の大きな少年は、まだ十四ではあったが力だけなら大人並みにある。仕事を選ばず必死に働けば、多少は助けになれるに違いない。これまで苦労してきた分、母にはこの先は楽をさせたいし、自由にやりたいことをして欲しいと思っている。

だが、男の趣味だけは受け入れがたい。

少年は、自分の父親であるらしい人物を思い、忌々しく舌打ちした。

金の臭いを纏わり付かせたいけ好かない男は、この国有数の金持ちであるという。詳しくは知らないが、かつて都会で芸者をしていた母が上がった座敷に奴はいたらしい。二人は男女の仲になり、どんな経緯があったのか男の子供を孕んだ母は逃げ出し、そして自分が生まれた。

『捨てられるよりも、捨ててやったのよ。あの人、熱しやすく冷めやすい人だったからね。本妻さんもいたし』

からからと豪快に母は笑っていたが、それを聞かされた息子としては『最低な男』の印象しか抱けなかった。そんな相手の子供まで産んだ母親が信じられなくもある。いっそ父は死んだと言われた方が、どれだけ良かったか。良くも悪くも母は正直だ。

それでも種である父親に少年が出会う機会がなければ、ただの昔語りにすぎなかったのだ。

——なのに、ここにきて俺を引き取りたいだと?

数ヶ月前、突然やってきた一人の男は、説明が要らないほど少年に生き写しだった。認めたくはなくても、一目で彼が父親だと理解した。

——「長男が頼りないから、競争相手がいれば多少はしっかりするだろう」だなんて、俺たちを何だと思っている。いったいどの口がそんなことを……!

いくら母から男の元を去ったとはいえ、あれだけの財力を持ち合わせていれば、女一人の行方などもっと早く簡単に突き止められただろう。

それをしなかったというのが、あの男の本心だ。

当然それまで母子《ははこ》に援助などなく、生活は厳しかった。その果てに母の怪我が重なったと言っても過言ではない。

それもこれも彼奴《あいつ》のせいだと思うと腹立たしくてならない。

そして、今は新しく年若い妾に夢中で母への未練など微塵も残してはいないというのも、馬鹿にした話で忌々しい。男にとって、母は偶々子供を産んでいたから記憶に残っただけの、替えのきく使い捨ての道具にすぎなかった。

そんな経緯であったから最初は毅然と拒んでいた母も、子供の将来を諭され気が変わったらしい。まして、自分の身体に不安を抱えるようになって、先々のことを考えたのだろう。今、少年は父親に引き取られ、本妻と兄と共に暮らしている。それは正直、針の筵《むしろ》のような日々だった。

綺麗な顔立ちの割に陰湿な義母は、ことある毎に粘着質な嫌がらせを繰り返してきた。少年にあることないこと濡れ衣を着せ、食事を抜くなど日常茶飯事だし、つまらぬことで怒鳴りたて平手打ちを食らわせる。それもすべて父親には見えない場所で。いや、彼は気づいているのかもしれない。それでいて放置している可能性の方が高い。

どちらにしても、義母にとっては突然現れた妾の子供に優しく接しろというのが無茶なのだし、諦めることは容易い。

問題は、その息子――つまり、少年にとっては母親違いの兄だ。彼は『嫌がらせ』の枠を超えた悪意を平気でぶつけてくる。

僅か数日のうちに降りかかった事柄を、思い出すだけでうんざりしてしまう。

先日は少年の膳にだけ毒芹《どくぜり》が混入されていた。偶々気がついたから良かったようなものの、もしも口にしていたら命の保証はない。そして今回は、問答無用で袋叩きにされた。それも、少年が死んでも構わないとばかりに頭や腹へ攻撃が集中していた。

幸い反撃した手が男の中の一人をぶちのめし、それに恐れをなした彼らが逃げ出したお陰で、大事には至らなかったが。

けれどそれにしても、痛いものは痛い。切れた口の中は鉄錆《てつさび》臭いし、腹の殴られた箇所はすでに痣になっている。明日にはもっと嫌な色に変わっているだろう。

流れ出た血が眼に入り、しみた。重くなった腕で拭い、そのまま視界を遮る。

——帰りたい。

貧しいことなど何の問題でもなかったのに、何故母は自分を手放したのか。もちろん、少年の将来を考えてくれたのは百も承知だ。けれどそんなもの望んでいなかった。欲しかったのは、母と二人暮らしていけるだけのささやかな幸せだ。

いくら図体ばかり大きくなっても、大人から見れば比べものにならないまだ小さな心では、受け止めきれない現実。少年は誰にも見せない涙をこぼした。

「……大丈夫?」

幼い癖にどこか大人びた声がかけられたのは、その時だった。同時に日傘の柔らかな影が差す。

「怪我をしているわ。動いちゃ駄目」

面倒に思いながら薄っすら眼を開けば、少年からは逆光になり相手の顔は見えないが、小柄な少女であるのが分かる。

僅かに傾げられた首の横で、艶やかな黒髪が揺れていた。

「……煩い。あっちに行ってぃろ」

少年は彼女から漂う育ちの良さを嗅ぎ取り、世間知らずな金持ち娘の気紛《きまぐ》れな施しごっこに付き合うつもりはないと、獣のごとく歯を剝き出して威嚇《いかく》した。

少女はびくりと身を引いたが、どうにかそこに踏ん張っている。

「そ、そんな顔しても怖くないわっ！」

勇ましい台詞とは裏腹に及び腰になった少女は日傘の柄を握り締め、微かに震えていた。怯える素振りを鼻で嗤って、少年はもう一度「あっちへ行け」と追い払おうとしたが、彼女は淡い桃色の着物が汚れるのも厭《いと》わず、膝を地面につき少年へと手を伸ばす。

「黴菌が入ったら大変なのよ！　ちゃんと手当てしなきゃ！」

「おい――」

少年は、茶色に汚れる着物を気にして少女を立たせようとしたが、使命感にかられた彼女は片手で少年の手を捕らえ、残りの手で白いレエスのハンカチーフを取り出した。

それをぐいぐいと切れた口元に当ててくる。予想外の乱暴さに少年は眼を丸くし、そして思わず笑っていた。

「……っ、痛、……はっ、あははははっ」

口をへの字に曲げた少女は笑われたのが不本意だったのか、日傘を放り出して更に力を込める。

余計に出血するのではないかと少年は思ったけれど、必死な様子の彼女に好きにさせた。たぶん、慣れていないせいで力加減も分かっていない。おっかなびっくりした手付きは不安だが、それ以上に真剣な面持ちがおかしい。

見れば、少女は年の頃は少年よりも五つほど下の十歳程度で、大層美しい子供だった。深窓の令嬢らしく、身につける着物は立派な代物なうえ、労働などしたことがないだろう手は白く染み一つない。真っ直ぐな黒髪は絹糸のごとく滑らかな光沢を放っている。理知的で大きな瞳は長い睫毛に縁取られていた。

「……」

少年が思わず見惚れたのは言うまでもない。元芸妓の母も美しいけれど、それとは別物の透明感に圧倒された。

「な、何ですか?」

無意識に食い入るように見つめてしまったせいで、少女は警戒心を抱いたらしく、手を止め身を強張らせてしまった。

「……いや、悪い。何だか、見たことがないくらい、あれだったから……」

「あれ?」

年端もいかない少女に綺麗だなどと言うのは恥ずかしく、少年は慌てて半身を起こした。

「何でもねぇよ！」

「どうして怒鳴るのですか!?」

言いながら、自分も怒鳴り返してくる少女は、案外気が強い。それを好ましく感じながら、少年はハンカチーフを彼女の手から奪った。

「……血で汚れちまったじゃないか」

「洗えばいいことです」

そうは言ってもレエスに染み込んでしまった赤い汚れは簡単には落ちないし、ましてや繊細な装飾の施された布をごしごし擦るなどできないだろう。

少年は気まずい思いでハンカチーフと少女を交互に見た。

案の定、着物も泥を吸ってしまっている。おそらくは、もう着られないに違いない。気に入っていたのかもしれない、と思うと心が痛んだ。

「本当に大丈夫ですよ。お気になさらず」

「……金持ちは、この程度簡単に買い直せるってことか」

皺一つなかった綺麗なものを台なしにしてしまった罪悪感が、少年に心にもない言葉を吐き出させる。

父親や兄、母親にさえ感じていた苛立ちは形を変え、親切な少女へとぶつけられてしまった。それは、甘えにも似たものかもしれない。妙な話、彼女であれば受け止めてくれそうな心地がしていた。まだ年端もいかない、年下の少女に受け入れられたいと、少年は心のどこかで願っていた。

そのことに気がつき、ぞっとする。

自分とよく似た風貌の父親。その嗜好はとても褒められたものではない。特に異性に対する扱いは唾棄《だき》すべきものだ。心底軽蔑している。

だが、間違いなくその血は少年にも流れている。例えば食の好みや、ものの考え方の端々に共通点を見つけてしまう。嫌だと思いながら、同じものを選んでしまっていると気づいた時の絶望は、筆舌に尽くしがたかった。

いつかはそれが女性への冒瀆《ぼうとく》に向かうのではないかと思うと、少年は嫌悪感で溺れそうになった。

母と同じ不幸な女性を生み出してしまうのではないかという恐怖が常に少年の中には巣食っており、だから欠片ほどであっても、心動かされる存在は欲しくなかった。

「そんな意味ではありませんよ？　だって、うちはきっと、それほど裕福ではないと思います」

「それでも、明日食うものに困ったりはしないだろう！」

「それは……」

八つ当たりにすぎないにも拘らず、少女は真摯に耳を傾けてくれる。その姿勢は、少年の中にあった『金持ち』の悪い印象を揺るがせた。だが一度決壊してしまった口はもう止まらず、勝手に悪態をつき続ける。

「本当に困窮したことがないから、平然としていられるにすぎないんだよ！　どうせ額に汗して得た金でなければ、大切にしようとは思わないものなぁ！」

「……貴方の言っていること、その通りかもしれません。でも私はまだ使えるものを捨てるような勿体無い真似はしないわ」

「……どうだか。……裕福な奴は、自分がどれだけ恵まれているかなんて分からないだろう」

　それを理解していれば、手もとにある幸福を大事にすればいい。

ないもの強請りばかりの父親や義母、兄が脳内を占め、不快感が募ってゆく。少女に向けた刃のすべてはそのまま仮初めの家族へ突き付けたいものだ。

「……よく、分からないけれど、お祖母様が仰っていました。下ばかり見ているから、嫌なものばかり眼に入ってしまうのよ……って。俯いてばかりでは気持ちも暗くなって、視野が狭まるのは当たり前だわ。前や上を見れば、こんなに綺麗なものだってあるのに」

　少女はそう呟きながら、遠くの空を指し示した。そこには青く澄み渡った空の下、七色の虹がかかっている。

「……」

　雨上がりの空に浮かぶ幻想的な光景に少年は眼を奪われた。そして、それを背景にした少女は更に綺麗だった。

「それからお祖母様がよく仰っているのは、自分が不幸だと浸っているのは楽だけれど、そのままでは大切なものを見落としてしまうから気をつけなさいということです」

「……分かったようなことを……っ!!」

頭に血が上ったのは、耳に痛い話であったから。激しく同意している自分がいるのに、それを認めたくないがために少年は少女を突き飛ばした。

「……きゃ……っ」

「お前、邪魔なんだよ！　もう、あっちへ行けったら！」

丸く見開かれた少女の瞳に涙が浮かぶ。それを眼にした少年の胸はひどく痛んだが、それ以上にみっともない自分を見られたくなかった。

ぐちゃぐちゃに乱れた心が彼女を遠ざけろと叫ぶ。なけなしの誇りが、少女の前で泣きたくないと虚勢を張り、間違った方法で逃げ出そうとしていた。

「小夜子様、こちらにいらっしゃいましたか！」

これ以上対峙していては更にひどい言葉をぶつけてしまう、と少年が焦り始めた時、下男らしき男が大通りから路地を覗き込み駆け寄ってきた。

「勝手に離れてはいけないと申し上げたでしょう！　危ない目にでも遭われたらどうするおつもりですか!?」

「……ごめんなさい」

素直に謝罪を口にし、小夜子と呼ばれた少女は転がっていた日傘を拾い、悲しげに少年を振り返った。

「ああ、こんなにお召し物が汚れて……まさか、そこのならず者に何か、」

「いいえ、この方は何もしていません。探させてしまってごめんなさい。大丈夫ですから、行きましょう」

不審者を見るように少年を睨《ね》めつける下男を促し、少女は大通りに向かった。

「……手当ては、ちゃんとしてくださいね」

やはり良家の子女だったかと、少年は彼女と己とのあまりの落差に苛まれ、顔も上げられずにそっぽを向いた。輝く光の似合う少女。対して、自分は泥の中に蹲っている。

それが惨めで、堪らなく悔しい。

――もしも俺があの家の――東雲家の子息として恥ずかしくない立ち位置ならば、あの娘の前で気後れなどしなかっただろうか。

そんなことを考える自分が途轍もなく汚らわしく感じる。父親に通じる浅ましさが見え隠れし、純粋なはずの憧れさえ薄汚れた欲望にしか思えなかった。

それでも、地を這うものにとって軽やかに空を舞うものは羨望の眼差しで追わずにはいられない。

立ち去る二人の気配だけを追いかけて、少年は一言も発しなかった。ただじっと下を向いたまま意識的に彼女の存在を忘れようと無駄な努力を試みる。

やがて少年は、返し忘れたハンカチーフに気がついて大通りを見渡したが、もうそこにあの少女はいなかった。

小夜子は喉の渇きと共に眼を覚ました。

発熱した身体は熱いのに、同時にひどく寒気がする。幼い頃は小夜子が体調を崩せば祖母の織江が世話を焼いてくれたけれど、今では寝付いた彼女の面倒を看るのは小夜子の役目だ。寝ている場合ではない。

――お祖母様に薬を持って行かないと……

けれど、手脚がどうしようもなく重い。そればかりか頭がぼんやりして、吐き気もする。

「……み、ず……」

使用人にはほとんど暇を出してしまったから、常に人手は足らず忙しい。残っている者たちに言い付けるのは気が引ける。自分で何とかしなければならないと思い、小夜子は起き上がろうと試みたが、力が入らないせいで首を擡《もた》げることさえ困難だった。

今小夜子が横になっている部屋の見慣れない天井は典型的な日本家屋のそれで、調度品は高価なものばかり。掃除が行き届かないせいで蜘蛛の巣が張った雪野原家の一室とは大違いだ。

「どこ……」

記憶が散らかって上手く思い出せない。知っている気もするのに、ここがどこなのか曖昧に霞んでしまう。

小夜子は急激に込み上げる心細さで瞳を潤ませた。喉も頭も痛いし、とにかく眠い。身体の不調は人恋しさを助長する。縋る何かを求めて彷徨った小夜子の手を大きなものが包み込んだ。それはごつごつと節くれだって硬いものだった。

「……大丈夫、ゆっくり休んでください」

低い声が注がれる。聞き覚えのある声なのに、思い出せないのがもどかしい。それでも他者の熱に安堵して、小夜子は心が解けるのを感じた。

——温かい……

「喉が渇いているのですか。今、水を……」

離れていこうとする熱を失うまいと、小夜子は開かれた手を握り直した。

その誰かが息を呑む気配がしたが、構わず指を絡める。

「……独りにしないで……」

「……っ」

嗄《しゃが》れた声は自分のものとは思えなかった。苦しくて噎《む》せそうになるが、その体力さえ残っていない。ひゅうっと寂しげな音だけが鳴った。

寂しくて、誰かに傍に居て欲しい。それも、もし叶うならば——

小夜子の霞がかった頭に浮かんだのは、大きな背中だった。黒く艶のある短髪が、日の光を受けている。

弱った心が求めた幻は、振り返り柔らかに微笑んでくれた。その優しい目元に胸が甘く高鳴る。

――今、傍にいる人が……――だったら、いいのに……

「……行きません。どこにも」

かさついたものが、小夜子の唇を覆った。するとそこから生温い茶が流し込まれる。

「……っふ、ん……」

小夜子の渇いた喉は、喜んでそれを飲み下した。それだけでは飽き足らず、無意識に強請る舌を伸ばしてしまう。

「は……ん……」

一度解放された唇に再び柔らかなものが押し当てられ、引き続き茶が与えられた。

冷めたそれは決して美味しくはないけれど、これまでに飲んだどんな物より甘く感じられる。小夜子は夢中になってお代わりを請うた。

「……もっと……」

言い切るよりも早く、荒々しく小夜子の唇は塞がれた。口内を肉厚な何かが激しく蹂躙する。息苦しいほどに抱きすくめられたせいで、小夜子の背は敷布から浮いてしなったが、慣れた温もりと香りのお陰か、恐ろしさも不快も感じない。むしろ包み込まれる密着感が小夜子を安心させた。

「……小夜子、さん……っ」

切実な声で呼ばれる名前は、自分のものであるのにまったく違う意味を伴っているように感じられた。

特別な宝物を扱うような恭しさが擽ったく、嬉しい。もっと呼んでと、心の中で叫んでいた。

小夜子は薄っすら開いた視界の中で、漆黒の瞳と眼が合った。

それは不安そうに眉を落とし、片時も自分から逸らされない。ふと視線をずらせば、その傍らには手付かずの膳が置かれていた。内容から見て、病人用とは思われないので、別の誰かのものなのだろう。小夜子への心配を隠そうとせず、熱い抱擁を交わす彼のものかもしれない。

――ちゃんと食べなければ、貴方が病気になってしまう……

声がきちんと出たかどうかは自信がないが、彼は膳から湯呑みだけを持ち上げ口を付け、そのまま小夜子に覆い被さった。

流れ込む茶は、相変わらず甘い。小夜子は口移しで与えられていた事実に驚きつつも、自然とそれを受け入れていた。

――本当は、ずっとこうして欲しかった。

じわりと浮かんだ思考は砂糖菓子のように溶けて消えてゆく。

「……お休みなさい、小夜子さん」

そんな当たり前の挨拶を他者と交わしたのはいつ以来だろう。東雲家に嫁いでから、すっかり普通の生活や日常から遠ざかってしまっている。何気ないやり取りに癒され、ほっこりと温かくなった心が小夜子に笑みを形作らせた。

「……お休みなさい……」

絡んだ指に力が篭ったのは、お互い同時だった。

それから、小夜子は何度か意識の浮上と沈下を繰り返した。そしてそのたびに、変わらず付き添う人影がある。

その人物は、かいがいしく額に浮いた汗を拭ってくれ、小まめに水を与えてくれた。まだ鶏も鳴かない早朝でも、すべてが寝静まる丑三つ時でも、変わらず見守っていてくれていた。それが小夜子にとって、どれほど心強かったことか。次第に、眼が覚めて最初にするのは大きな人影を探すこととなり、確認して眠りに落ちるようになった。

そして今も、小夜子が目蓋を開いた気配に気づいた彼が覗き込んできた。

「……気分はいかがですか」

「……甲斐さん」

看病してくれている人物の正体は薄々分かっていたが、今改めて小夜子は認識した。

甲斐は数枚の書類を手にし、地味な着物を着崩して座っている。畳の上には他にも白い紙が置かれていた。彼の落ち着いた瞳には、何の表情も浮かんではいなかったが、その下に色濃く刻まれた隈がすべてを雄弁に物語っている。甲斐の伸びた髭、乱れた髪と疲れの滲む様子、それで小夜子には充分だった。口数が少ないせいで誤解しがちだが、決して冷たいだけの人ではないと確信する。

「……まだ、怠《だる》いですが、だいぶ楽になりました」

「そうですか。水を飲みますか？　それとも何か口にできそうですか？」

「では、水を……」

小夜子は身体を起こそうと身を捩ったが、肘に力が入らず苦心した。だが、甲斐は少し離れた場所で腰を浮かせかけたが、手を貸そうとはしなかった。小夜子が朦朧としていた時に強く手を握ってくれたのは夢か幻だったのかと疑うほどに空々しく距離が遠い。

――お茶を、飲ませてくれたと思ったのは、私の勘違いかしら……

ひょっとしたら、女中の誰かだったのかもしれないし、小夜子自身が都合よく事実を捻じ曲げたのかもしれない。

夢の中、どうして相手を甲斐だと思い、そして何の抵抗もなく受け入れていたのだろう。今更ながら、自分自身に呆れてしまう。普通に考えて、一番あり得る可能性は、夫である伊織を甲斐と間違えたか――

「……伊織様は……？」

「……仕事が忙しいので、暫く帰っていないのです。でも、小夜子さんを心配してらっしゃいますよ。眼が覚めたら滋養のあるものを食べさせるよう厳命されていますから」

僅かに言い淀《よど》む甲斐の様子を見て、小夜子は静かに納得した。夫は――伊織は小夜子の元になどきてはいない。それどころか、恐らく今はあの女性のところに入り浸っているのだろう。ミルクホールの女主人である妖艶な美女を、小夜子は奇妙に冷静な気持ちで思い浮かべていた。

考えてみれば、甲斐がここにいるということこそがその答えなのだ。

仕事であるならば、必ず伊織は甲斐を伴う。別行動をするのは、女の元に通うなど疚しい理由がある時のみで、それ以外は彼を下僕のように従わせているのだから。

漸く体勢を整えた小夜子は、甲斐から手渡された湯呑みに注がれた白湯《さゆ》を飲んだ。温《ぬる》い温度が、弱った身体には心地いい。

ほっと一息つくと、急に髪を洗っていないことや、寝起きの顔が気になってきた。できれば甲斐に汚いところを見られたくはない。まさか目脂《めやに》などは付いていないかと確かめ、小夜子はさりげなく彼から顔を背けて、髪を撫でつけた。

「昼には粥《かゆ》を用意させましょう。それとも、他に食べられそうなものはありますか？」

「いえ……お粥で結構です。ご面倒をおかけします」

「面倒だなんて……貴女が、倒れたのは俺の……俺たちのせいですよ。そんなふうに小夜子さんが思う必要はない」

震えた声が吐き出され、その弱々しさに驚いて小夜子は甲斐を振り返った。

「……貴女は、何も悪くない。罪も穢れもすべて俺が負うものです。……誰にも、その役割は渡さない」

「それは、どういう……」

贖罪《しょくざい》と呼ぶには、込められた熱が強すぎる。

小夜子は困惑してじっと甲斐を見つめたが、彼は答える気はないらしく、再び手にしていた紙へと眼を落とした。暫く沈黙が落ちる。だがそれさえ心地よい静寂に思えて、少しも居心地の悪いものではなかった。かさかさと紙の奏でる音色を味わい、小夜子は白湯を飲み干した。

——私は、どうしてしまったのかしら……

伊織の不貞や不在よりも、甲斐の眼に映る自分が気になってしまっている。

そんな想いは間違っていると分かっていても、抑えきれない衝動が次から次へと湧いてきた。

今、傍に居てくれるのが彼で、嬉しいというのが偽らざる本音だ。だがもちろん、そんなことは、口にできるはずもない。

「……その紙は……？」

「ああ、すいません。少し、眼を通さねばならない仕事が溜まっていまして。……煩いですか？」

頷けば立ち去ってしまいそうな甲斐の様子に、小夜子は慌てて頭を振った。実際、まったく耳障《ざわ》りなどではなく、気にはならない。

「いいえ、大丈夫です」

「そうですか。ではもう少し続けてもよろしいですか？　小夜子さんは横になっていてください」

まだ傍にいてくれるのかと、小夜子は密かに喜んだ。

安心したせいか、また目蓋が重くなる。ゆっくり身を横たえて、枕に頭を預ければ、すっかり体力が落ちてしまったのを実感せずにはいられない。

「あれから……何日経ったのでしょう？」

「四日です。小夜子さんは高熱を出されて、意識を失ったのです」

「そうですか……あの、ありがとうございます」

小夜子がお礼を告げると、甲斐は不快気に眉を顰め、横を向いた。

「礼など、謝罪以上に要りません。こうなったすべては――」

「でも看病してくださったのは、確かですから」

伊織と同じように捨て置いて、人任せにだってできたはずだ。

それなのに忙しい時間を縫って傍についていてくれているのかと思うと、ありがたく思えてしまう。ましてや、寝不足を窺わせる甲斐の容貌を眼にして、平然と無視するなど小夜子にはできない。

「……大したことなどしていませんよ。ほとんど女中に命じていましたから」

「でも……手を握ったり、お茶を……」

「え？」

「いえ、何でも……それでも、私は嬉しかったのです。誰かに心配されるのなんて、久し振りでしたから……」

夢現の間に起こったことは、何となく言ってはいけないことのような気がして、小夜子ははぐらかした。

倒れる直前、甲斐が口にした『兄との約束』が気にかかっていたのかもしれない。迂闊に言葉にしてしまえば泡と弾けてしまうような、倒れていた間の頼りない記憶。

そしてそっと甲斐の唇を盗み見る。

それは僅かにかさついて、柔らかそうで肉厚だった。夢の中で口内は温かく、情熱的に小夜子を迎えてくれた。無意識に指で自分の唇に触れ、小夜子は追想する。

――やはり、思い違いなどではない。甲斐さんの唇が、私に触れたのだ――

まざまざと甦る感触が、身体に熱を灯した。

口づけ、とは呼べない。

あれは上手くお茶を飲み込めなかった小夜子のための看病の一環であったのだし、いわば不可抗力にすぎない。それでも、生まれて初めて異性に触れられた場所が甘く疼いて仕方ない。

これまで、もっと淫らで深い場所を曝け出していたとしても、これだけは別ものだ。言ってみれば、小夜子にとって唯一残されていた、小夜子だけの神聖なもの。

けれど、嫌ではなかった。欠片ほどにも不快感や喪失感は生まれてこない。むしろ、高鳴る胸は何も知らない娘のようだ。

小夜子は、甲斐には見えないように自分の唇を擦り合わせ、あの時の感覚を噛み締めていた。奇妙な変化を己の中に感じる。

「……甲斐さんは、将棋が得意なのですか？」

このまま眠ってしまうのは惜しい——そんな思いが小夜子に言葉を紡がせた。ふと池之端の話を思い出し、聞いてみる。

「得意と言えるほどの腕前ではありませんよ。ただ、以前母と暮らしていた頃、母の不在時に面倒を見てくれていた近所の爺さんの趣味で、付き合わされて覚えた程度です。到底それで身を立てられるようなもんじゃない」

「でも私など、どうやって駒を動かすのかも知りませんから、すごいと思います。あの……お母様は、今？」

何も職業としての水準を期待していたのではないが、甲斐の極端に厳しい自己評価に小夜子は少し笑ってしまい、ごまかすように話題を振る。

「今は、別々に暮らしています。脚を怪我して以来、思うように動けないと愚痴を零してはいますが、元気ですよ」

「脚がお悪いのですか？」

「以前、子供を庇って事故にあったのです。普通に歩く程度でしたら問題ありませんが、長く立っていたり走ったりするのは不可能ですね」

それは心配だろうと小夜子は布団の中で寝返りを打ち、完全に甲斐の方を向いた。

「共に暮らせないのは、寂しい……ですね」

「仕方ありません」

淡く笑んだ甲斐は、柔らかな印象になる。滅多に見られない彼の表情に小夜子の鼓動は跳ね上がった。

「あの……もし、迷惑でなければ、お母様の話を聞かせていただけませんか？」

「小夜子さん、あまり話さないで、休まれた方が良いですよ。せっかく良くなりかけているのに、ぶり返したらどうするおつもりですか？」

子供を諭すような口調が擽ったく、小夜子は幼い少女に戻った気がして唇を尖らせた。

「では、眠るまで……お話をしてくださいませんか？　静かすぎると、眠れないのです」

嘘であったが、そうでも言わねば甲斐は話してくれそうもない。今ならば、多少の我儘が許される気がして、小夜子は少しだけ強引になった。

「……聞いても、楽しい話ではありませんよ。……でも、そうですね、気の強い所が小夜子さんに似ているかもしれません」

「どういう意味ですか!?」

「ふふ……そういう意味ですよ。もちろん、貴女とは比べものにならないくらい学はないですけれど、毅然としていて美しい……尊敬できる人です」

甲斐は母親のことを語っているのに、小夜子は何故か自身のことを言われているかのように感じてしまい、赤面した。

それは、彼の瞳がじっと小夜子に注がれていたからだ。

「あ……の、」

「男の趣味だけは、いただけないですけれど」

逸らせない視線が絡み合い、僅かに空気が変わるのが分かる。小夜子は動揺したが、甲斐の肩を竦める戯けた仕草で緊張しかかった場は和み、小夜子も苦笑した。

「でも、その出会いがあったからこそ、甲斐さんがお生まれになったのでしょう？　でしたら、意味があることです」

「小夜子さんは本当にお人好しですね。妾を囲うような男も、それを納得ずくで受け入れる女も、碌な者ではありませんよ。そして物のように子供をやり取りするなんて……俺は、そこだけは好きになれない」

吐き捨てられたそれが、普段見せない甲斐の本心なのだろう。小夜子は息を詰まらせたが、甲斐はもっと狼狽していた。その気はなくとも、伊織に当て嵌《は》まってしまうと思い至ったらしい。

「すいません……少し、喋りすぎました。もう眠ってください。……それまで、傍にいま

すから」

「……ええ。お休みなさい」

甲斐との物理的な距離は開いたままだが、内面の距離は縮まった気がする。

けれど、それは喜ばしいことではきっとない。小夜子の夫が伊織であるのは変わらない事実なのだから。

眼を閉じながら、小夜子は零れ落ちそうになる気持ちを戒《いまし》めた。

それでも芽吹いてしまった何かは、簡単に萎れてくれはしないだろうと感じながら。

六章　母親

　小夜子の体調がすっかりよくなり、普通の食事がとれるようになった頃、漸く伊織は帰ってきた。案の定、酒の臭いを漂わせ自堕落な空気を纏ったさまは、到底仕事を終えた者の雰囲気ではない。

「ああ、心配したよ、小夜子。急に倒れるものだから、流行病《はやりやまい》でも得てしまったのかと思ったじゃないか」

　だから、安全な場所に避難していたのですか、とはさすがに口にするつもりは小夜子にもなかった。けれど、腰に回された伊織の手を嫌悪してしまう程度には、心は冷めたままだった。

「……ご心配をおかけして申し訳ありませんでした」

「いや、いいんだよ。最高の医者と薬を取り寄せたから、その辺りは大丈夫だと思っていたさ」

「――兄さん……」

甲斐の滲み出る非難の色に気がついたのか、伊織は鼻白んだ顔をした。

「何だ、甲斐。言いたいことでもあるのか？　僕の不在時に余計なことなどしていないだろうな？」

「……急を要する決裁がありましたので、眼を通しておきました。俺で事足りるものだけは処理しておきましたが、他は兄さんの判が必要です。すぐに見ていただけますか？」

「何だと!?　どうしてそれを早く言わないんだ！」

不機嫌も露わに、伊織は廊下を踏み鳴らしながら奥へと進んだ。その後ろ姿を見送りながら、小夜子はそっと溜め息をつく。

やっと夫が自分の元に帰ってきたというのに、微塵も喜びは感じられない。むしろ泥のような倦怠《けんたい》感を覚えている。誤ちと理解しつつ、小夜子の眼が追うのは伊織の後方を歩く人物だ。

あの現実とも夢ともつかない夜以来、一度も甲斐と触れ合ってはおらず、それどころか必要以上に近づくことさえなかった。

最後に抱かれた夜から考えれば、いったいもう何日あの体温を感じていないのか。

恐らくは、伊織が戻らない限りずっとこのままだっただろう。だから、夫が帰って唯一小夜子を喜ばせたのは、その一点。

――なんて罪深い、ふしだらな女。

うんざりするほど、自分は現金な女だと思う。

きっと数日のうちに伊織が小夜子を弄ぶだろうことは、想像に難くない。でもそれは、甲斐が触れてくれるということに他ならないのだ。

閉じられた箱庭の中、狂った理《ことわり》の支配下でのみ、触れ合うことが許される関係。

――心待ちにしているなどと、誰にも知られてはならない。他の誰でもない、甲斐さんに包まれたいなど――

小夜子は、己の中に見つけてしまった淫奔《いんぽん》な本性を恥じた。けれども喜ぶ心に嘘はつき通せないまま、陰《かげ》る空を見上げていた。


さすがに己の行動は拙《まず》かったと思ったのか、伊織はそれから妙に小夜子に優しくなった。この数日何くれとなく贈り物を用意したり、観劇に誘ったりする。

相変わらず女の気配は漂わせているが、以前よりも小夜子を大事にしているという印象を受ける。――表向きは。

けれども、小夜子は単純にそれを喜べるほど、もう純粋ではいられなかった。

彼の言葉や態度の端々に疑いを持ってしまう。そして伊織が自身の夫であるという事実は厳然と存在している。それ故に、複雑な心境のまま彼に従っていた。

今日もご機嫌取り宜しく共に百貨店での買い物を済ませた後、車で帰路につこうとしていた。

車内には沢山の服や靴。すべて伊織が小夜子のためにと購入した高級品だ。洋装は苦手だと何度も告げたが、彼はがんとして譲らなかった。これからの時代、西洋のものを積極的に取り入れなければみっともないというのが彼の持論で、その結果、小夜子の意見は一切反映されず、すべて伊織が選び決めたものが積み込まれている。

そしていつも通り、運転席には甲斐が座っていた。東雲家にはれっきとした専属の運転手が雇われてはいるが、伊織は基本的に甲斐に送り迎えを任せている。

それは、互いの立場の違いを周囲に知らしめようとしているかに小夜子には映った。

「ああ、疲れた。甲斐、早く車を出せ」

「はい」

言葉少なに応じた甲斐はエンジンをかけようとしたが、車は奇妙な音を立てるばかりで、馴染みの振動が伝わってこない。

「……？」

「何だ？　どうしたんだ」

「それが……何やら車の調子が悪いようです」

甲斐は何とか起動させようと鍵を回してはいるが、頼りない嘶《いなな》きばかりが耳につき、一向に動き出す様子を見せなかった。

「何だって？　お前の整備が悪いのではないのか」

それは言いがかりとしか言いようがない。そもそも、運転自体甲斐の仕事とはいえないのだから、伊織の苛立ちは八つ当たりだと小夜子にも分かる。だが、もしもこの場で甲斐を擁護するような発言をすれば、たちまち伊織の機嫌が下降するのは眼に見えていた。

「……申し訳ありません。無理やり動かしても危険ですから、このまま修理に出した方がいいと思います」

「僕に歩いて帰れと言うのか!?」

憮然とした伊織は、「役立たずめ」と甲斐を罵った。

それに対しても甲斐が一言も口答えをしないのが小夜子にとってはもどかしくもあり、辛くもあった。下手に庇いだてもできない歯痒さを抱えたまま、成り行きを見守る。

だが、喚《わめ》いたところでどうしようもないのは明白で、伊織にもそれは充分に分かったらしい。文句を言いつつ、車を降りた。

「代わりの車を呼びます。少しお待ちを」

「いや、いい。丁度良いから、僕は知り合いに会っていくよ」

再び百貨店に戻り車の手配を頼もうとした甲斐を、一転上機嫌になった伊織が止めた。急に笑みを浮かべた彼の様子に、皮肉にも小夜子はすぐに勘付いた。

――ああ、ここからなら、あのミルクホールが近いのね……

妖艶な美女の店主を思い出し、心が沈む。慣れているとはいえ、やはり愉快なものではない。

「兄さん――」

「お前は小夜子を送ってやれ。車は支配人にでも告げておけば、良いようにしてくれるだろう」

すっかりその気になった伊織は、引き止めようとする甲斐を振り切り、いそいそと行ってしまった。

そうなれば、必然、残されるのは小夜子と甲斐の二人きりだ。甲斐は深い溜め息をつき、がしがしと頭を掻いた。

「……」

「……仕方ありません。今、迎えを呼びます」

「いえ、あの……たまには歩いて帰りませんか？」

女学生の頃は、人並みには歩いたものだ。快活とは言わないまでも、普通にお日様の下《もと》で身体を動かしていた。

それが今や、不健康にして不健全極まりない。昼間はほとんど出歩かず、それどころか陽射しを浴びるのも制限されている。閉じ込められるようにして、屋敷から出られるのは伊織の許しが下りた時だけ。

そして夜の帳が下りると閨の奥では淫らな運動を強いられて、体力の限界まで貪られ、息も絶え絶えに夜を明かす。

だから、小夜子は久方振りの日光浴を楽しみたかった。それに、落ちぶれたとはいえ深窓の令嬢である小夜子は、自由気ままに街中を出歩いた経験はない。女学校の旧友たちが学校帰りにどこ其処で甘味を食べたとか、小間物を冷やかしたなどという話を聞くたび、内心羨ましくて堪らなかった。

ひょっとしたら、今ならばそれが叶うかと思うと、気分が高揚してくる。

「酔狂な。かなり距離がありますよ」

「ええ。でも、まだ日も高いですし、気温も暖かいです。きっと気持ちいいですよ。……駄目でしょうか？」

じっと下から見上げれば、甲斐は溜め息と共に横を向いた。

「……本当に貴女は突飛なことを仰る……いいですよ。お供させていただきます」

「本当ですか？　ありがとうございます！」

正直、色々と買い与えられた時よりも嬉しくて、小夜子は満面の笑みを浮かべた。嫁いで以来、小夜子が自分の希望を口にするのは珍しいし、それが通るのはもっと珍しい。喜ぶなというのが無理な話だ。

「礼を言われるようなことでもありませんよ。でも、歩くのが辛くなったらすぐに教えてください」

「はい！」

車と荷物を百貨店の支配人に預け、小夜子と甲斐は並んで歩き始める。

憧れたそぞろ歩きの初めての相方が、身体の大きな男性であるのはご愛嬌だ。

——私、甲斐さんが相手だと、我儘になるわ……

これまで嫌と言うほど恥ずかしくみっともない面を曝け出しているせいか、今更取り繕う気が薄れる。

素直に泣き笑っても、彼ならば許してくれるような気がしてしまう。錯覚にすぎないのかもしれないけれど、看病をしてくれたあの夜、確かに通じ合った心地に包まれたのが大きかった。

蟠りがすべてなくなったとは言わないけれど、互いの間に聳え立つ壁が低くなったのは確かだと思う。

小夜子は別に何をするでもなく、賑わう通りをただ眺めるだけでも楽しかった。車窓越しでは分からない喧騒や熱気が肌に伝わり、埃っぽささえもの珍しい。沢山の人が行き交い、洋装和装入り乱れて活気が生まれ、物売りや呼び込みの声が飛ぶ。路面電車の愛らしさには思わず頬が緩んだ。

「甲斐さん、私あれに乗ってみたいわ」

「駄目です。方向が逆ですよ。それにこの時間は混雑している」

「そうなんですか？　残念だわ……」

ではまた今度、とは言えない。こんな機会はきっともう巡ってはこないだろうことは、容易に想像できた。

名残惜しく電車を見送り、小夜子は今日を満喫しようと改めて思う。多少の強引さも仕方ないと勝手に頷いた。

「甲斐さん、それじゃあの店に入ってみませんか？　私一度食べてみたいものがあるのです」

「え？　あそこは貴女が出入りするような店ではありませんよ」

いわゆる駄菓子屋と呼ばれる店を指差した小夜子を、甲斐は驚きと共に引き止めた。

「キャラメル、というお菓子がとても美味しいらしいのです。私の持ち合わせで買えるかしら？」

そわそわと頬を赤らめる小夜子は、そんな彼女を見下ろし微笑む甲斐には気づかなかった。心はすっかり見たことのない甘味に囚われている。

「……分かりました。一緒に行きましょう」

「……！　ありがとうございます、甲斐さん！」

「おかしな人ですね。貴女が望めば、兄はどんな珍しい舶来《はくらい》の菓子だって取り寄せるでしょうに、子供が食べるようなものが欲しいのですか？」

「希少性やお値段は関係ありません。高くても、それに見合わないものはいくらでもあります」

小夜子の言葉に甲斐は優しい笑みを浮かべた。あまり彼が見せてくれない柔らかな表情に、小夜子の鼓動は跳ね上がる。

「確かに、そうですね。高ければ良いというものじゃない。小夜子さんの言う通りだ」

吹き抜ける風が、火照った小夜子の頬を撫でてゆく。

甘くて苦い、想いが広がる。皮肉にもそれは、口にしたことのないキャラメルの味に似ているとは、小夜子はまだ知らない。

念願の菓子を手に入れ、ご満悦の小夜子が次に立ち寄ったのは、レエスやリボンを扱う小間物の店だった。女学生ばかりで溢れかえる店内に甲斐は難色を示したが、結局は不承《ふしょう》不承《ぶしょう》一緒に足を踏み入れる。

俯き加減に背中を丸める大男は逆に可愛らしく、甲斐の精悍な顔立ちもあいまって女性客の注目を集めてしまっていた。

「小夜子さん、早く……」

「ごめんなさい、甲斐さん。できるだけ早く戻りますから、外で待っていただいても……」

「いいえ、それはできません。ご一緒します」

悲壮な表情で眉間に皺を寄せた甲斐は、小夜子の提案を拒否し、後ろをついて回る。その何ともおかしな光景に、小夜子は笑いを噛み殺した。こんなに楽しいのは、本当に久しぶりだ。

「……女性は、こういうものがお好きですね」

「ふふ……綺麗なものや可愛いものは、見ているだけで楽しいです」

沢山の魅力的な商品が溢れる中でも、棚の片隅に置かれた着物の端《はぎ》切れを利用し作られた髪飾りはとても上品で眼を惹く。

聞けば、店主の手作りであるという。特に藤の花が描かれたものが気になった小夜子は、手にとってそれを見つめた。

金額的には決して手が届かないものではない。けれど、食べてしまえばなくなるキャラメルとは違い、髪飾りは形として残ってしまう。

――伊織様には、見られたくない……。

どうしてか、今日のことを知られたくはない。

いや、彼だけではなく、誰ともこの思い出を分かち合う気はなかった。ただ甲斐と二人だけで歩き、菓子を買い、店を冷やかしただけだ。疚しいことなどあるはずはなく、堂々としていればいい。

それでも、他人には一片も介在して欲しくはなかった。

――それなら、楽しかったという思い出だけで充分だわ。

名残惜しく髪飾りを手離し振り返れば、真後ろにいると思っていた甲斐がいない。驚いて店内を見渡すと、入口近くで立ち止まる彼がいた。

「甲斐さ……」

帰りましょうと言いかけて、小夜子は言葉を呑んだ。甲斐の手には一枚のハンカチーフが握られていた。無骨な男には似つかわしくない白が映える繊細なレエス。それを真剣な面持ちでじっと見つめる甲斐は、小夜子の声にも気づかない。

――もしかして、誰かへの贈り物……？

どこかの女性のために選んでいるのかと思い至り、小夜子の胸中にはざわざわとした波が立った。それは瞬く間に勢いを得て、広がってゆく。

――何？　この嫌な気持ち……

名前のつけられない不快感が育つのが分かる。押さえ込もうとしても、黒々としたものが内側で膨らむ。甲斐が小夜子の知らない別の誰かと笑い合い、その腕に抱くのだと思うと、ひどく痛む場所があった。

きっとその女性は自分には滅多に向けられない笑顔を独り占めして、情熱的に抱擁されるのだ。

そして、深い口づけを交わす。肉欲や生殖が目的ではない、求め合う純粋な想いの上で。

「……っ、」

嫌だ、と言ってしまいそうになる。そんなこと考えたくもないのに、妙にまざまざと想像できてしまう。顔の見えない相手の女は、空想の中で小夜子を嘲った。

考えてみれば、甲斐に特別な女性がいても、何ら不思議はないのだ。それなのに、これまで小夜子はその可能性にはまったく思い至らなかった。

――胸が、痛い。

闇においてて、ひどいことをされたり言われたりするよりも苦しくなる。小夜子は無意識に胸元を握り締め、眼を逸らした。

「……小夜子さん？」

「……ぇっ？」

伏せた視界の中、唐突に甲斐が覗き込んできた。腰を屈め、首を傾げるさまは、不似合いな店舗が背景となり奇妙に浮いている。

「どうされました？　ぼんやりして。お疲れですか？」

「い、いいえ。すみません、少し考えごとを……」

慌てて否定すれば、甲斐は安堵の息をついた。

「そうですか。難しい顔をしてらしたので」

「……それは貴方の方ではないですか」

「え？」

心底不思議そうな甲斐の反応は至極自然で、まったく気にしていないのが見てとれる。

――私など、眼中にはないのね……

どんな時にでもああやって真剣に贈り物を選んでしまうほど、意中の方に夢中なのだろう。

他の女など、眼に入る訳もない。優しい人だから小夜子にも気遣いを見せてくれるけれど、それだけだ。特別な想いを抱いている訳では決してない。

「……いいえ、お待たせして申し訳ありませんでした。行きましょうか」

「もう宜しいのですか？　何か気に入ったものがあったのでは？」

「大丈夫です。お付き合いさせてしまって、すみません」

一刻も早く、甲斐をこの店から引き離してしまいたい。そんな醜い衝動が胸を焦がした。彼に想う相手がいるのだとしても、せめて自分の前でその人のために贈り物を選ぶような真似は勘弁して欲しい。

――どうして。こんな気持ち、まるで――

「分かりました。では、参りましょうか」

何となく、甲斐の顔を見る勇気が持てず、小夜子は俯いたまま店の外へ出た。

それからは、暫く無言のまま歩く。先ほどまでの高揚が嘘のように引いてしまった小夜子は、珍しい商品が並ぶ店先の前を過ぎても、心惹かれることはなかった。

気を使った甲斐があれこれ勧めてくれたが、おざなりの相槌を打つのが精一杯で、頭の中はすっかり白いハンカチーフで占められている。

「やっぱり、お疲れなのではないですか？　脚が痛むのであれば仰ってください。すぐに車を呼びますから」

急に消沈した小夜子を不審がり、甲斐は何度も声をかけてくる。半ば上の空で応えながら、小夜子は足早に歩き続けた。これまで気にならなかった足裏の痛みが急に自覚され、ふくらはぎも重くなるが、そんなことに構っていられない。車を呼ぶとなれば二人で狭い車内に閉じ込められ、人力車であっても隣に並んで座ることになるかもしれず、それはあまりに辛い。

「大丈夫です。ご心配なさらず。何でもありませんから……」

「とてもそうは見えませんが――」

　これ以上詮索されたくなくて歩く速度を上げたが、いかんせん脚の長さが圧倒的に違う。すぐに甲斐に追いつかれ、隣に並ばれてしまった。

「本当に、どうされたのです」

「……どうもしません。あったとしても、甲斐さんには関係のないことです」

　意固地になった小夜子は、頑なに甲斐と視線を合わせようとはしなかった。

　子供じみていると思いつつも、今は顔を見たくない。迂闊に合わせてしまえば、醜いものを曝け出してしまいそうで恐ろしい。

「……」

　甲斐の気配が硬いものになったのは気がついたけれど、小夜子は訂正しようとは思わず、俯いたまま足を前に繰り出し続けた。

「……女の考えていることは、まったく分からない」

　微かな舌打ちと共に聞こえたのは、彼の本心なのだろう。普段の敬語はかなぐり捨てられ、その粗雑な口の利き方は小夜子の記憶を刺激した。いつだったかどこかで聞いたことがある――そんな思いがじわりと広がる。

「……白いレエスのハンカチーフ……」

　――幼い頃、お気に入りだったのに、いつの間にかなくしてしまった。たしか、赤い何かに汚れて……あれはいくつの頃だった？

「小夜子さん？」

「……！　あ、あの、ずいぶん熱心にハンカチーフをご覧になっていたので……その……どうしたのかと……」

空想に入り込み無防備になっていた所に呼びかけられたので、小夜子は思わず内心の気がかりを吐露していた。

けれどはっきりと問う勇気は持てず、遠回しに探るような言い方になってしまう。それがまた、自身の狡《ずる》さを表しているようで、嫌悪感が募った。

「ああ……懐かしくて、つい」

「懐かしい？」

「……昔、返しそびれてしまったものがあったので」

そう言ったきり、甲斐は黙りこくってしまった。

その沈黙は、これ以上の会話を避けているのが明白で、小夜子も強引には聞き出そうとは思わない。ただ、話してはくれないのだという失望だけが胸中に巣食う。

――それが、甲斐さんの大切な人……

思い出を語る声には、甘い響きが宿っていた。懐かしむように細められた瞳はこの上なく優しく、相手を心の特別な場所に住まわせているのが容易に伝わる。

――昔、ということは幼馴染か何かかしら……

答えなど出るはずもない疑問を捏ね繰り回し、潤みそうになる眼を強く閉じて思考を振り払う。

――甲斐さんに想う方がいるとして、だからどうだと言うの。私には関わり合いのないことじゃない……いくら肌を重ねていても、私達の間にあるのは愛情などではない。そもそも、私は夫がある身なのだから。

「……ぁ、」

足元ばかりを見ていたせいか、小夜子は路面に落ちた雫にいち早く気がついた。暗色の点がぽつぽつと増え、肩や頭にも降りかかる。それは、初めはたいしたものではなかったけれど、あっという間に勢いを増した。

「きゃ……」

「小夜子さん、雨宿りしましょう！」

空はさほど暗くはないのに雨脚は一気に強まり、声を掻き消す水音が地面を叩く。

甲斐に促されて二人で近くの店の軒下《のきした》へと逃げ込んだが、すでに着物は濡れそぼってしまっていた。

「冷た……」

いくら冬ではなくとも、雨に打たれたままでは身体が冷えてゆく。小夜子は、両手で己を抱き締めて腕を摩った。

「小夜子さん、これを」

甲斐は袂《たもと》から手拭いを出すと小夜子に手渡す。その際も指さえ触れ合わせようとはしなかった。

「え、でも甲斐さんが……」

「俺は大丈夫ですよ。貴女が風邪でもひいたら大変だ」

受け取ろうとしない小夜子に苦笑して、甲斐はその布を彼女の頭へ載せる。甲斐は雨に濡れた髪を掻き上げ、柔らかく笑んだ。

「あ、ありがとうございます……」

「いいえ、足元も拭ってくださいね」

お互い横並びのまま、壁に寄りかかる形で通りを眺める。突然の雨に人々は右往左往し、店先に商品を出していた店は大慌てで仕舞い込んでいた。

「雨……早くやむと良いですね……」

「そうですね。通り雨だとは思いますが……これでは人力車を頼むのは、厳しいな」

手拭いからは、甲斐の匂いがする。小夜子は顔を拭く振りをしながら、それを深く吸い込んだ。

やめばいい、と口では言いながらも、本音は真逆だった。

身じろぎすれば触れ合いそうな距離感で、隣の熱に神経が集中する。ほんの少し手を伸ばせば甲斐の腕に届きそうだと意識すると、甲斐と隣り合わせた小夜子の右側だけが、汗ばむほどに熱くなった。

「まずいな、雲が増えてきた」

空を見上げていた甲斐の言葉に促され、小夜子も上へと視線をやれば、東の空に灰色の雲が広がっている。まだこちらを覆い尽くすほどではないけれど、時間の問題で到達するだろう。上空は風が強いのか、もの凄い速さで押し寄せてきていた。

「暫くやまないかもしれないな……」

困ったと言わんばかりの甲斐の横顔を盗み見て、小夜子は複雑な気持ちだった。

確かにあまり帰宅が遅くなるのは問題だ。二人揃って濡れ鼠で帰るのも、伊織の耳に入れば面倒なことになるかもしれない。甲斐も、同じことを考えているのだろう。

「途中通り過ぎた店で、傘を扱っている所がありましたね……俺、ちょっと行って買ってきます。それから車を呼べる場所へ移動しましょう」

「それなら、私も一緒に参ります」

「とんでもない。俺一人で充分ですよ。小夜子さんはここで待っていてください」

今にも軒下を出ようとする甲斐を引き止め、小夜子は首を振った。

「その店ならば、結構遠かったではないですか。一人待つのは嫌です。私も一緒に行かせてください。駄目だと言われても、ついてゆきます」

「濡れてしまいますよ」

「そんなもの、お互い様です！」

小夜子は逃がさないとばかりに甲斐の袖を摑んだ。本当は手を握りたかったが、仕方ない。彼は昼間、小夜子に触れるのを忌避《きひ》する。

「揃って雨に打たれるのであれば、傘など意味がないではありませんか……」

呆れ気味に眉を下げる甲斐は、しかし小夜子を振り払おうとはしなかった。

「では、このままやむまで待ちましょう」

「それはいくら何でも……」

暫く何かを思案していた甲斐は、大きく溜め息をつき、短い髪を掻き毟《むし》った。

「……仕方ありません。では、傘を買いにいくよりは近いので、服を乾かして休める場所まで参りましょうか。そこで借りることも可能でしょうし……小夜子さん、これを頭から被ってついてきてください。濡れてはいますが、ないよりマシでしょう」

「え？　あの」

どこへ、などと問う暇もなく、駆け出した甲斐の背中を追って小夜子は雨の中へと飛び出した。

渡された羽織は湿っている。それでも、とても温かい気がした。


「こちらへ、小夜子さん」

息を荒げ走った先は、寂れた路地裏に建つ長屋《ながや》の一角だった。

「……ここ、ですか？」

　歪んだ戸板や薄汚れた壁は、小夜子には馴染みのないものだ。僅かに傾いだ建物が隣同士支え合うような界隈《かいわい》には、生活の匂いが漂っている。

「ええ、どうぞ入ってください」

　甲斐は勝手に引き戸を開き、長屋の一室に小夜子を招き入れた。

「で、でも、ここはいったい――――」

「おや、甲斐どうしたの？」

　部屋の奥から女性にしては低く掠れ気味の声がした。

　驚いて小夜子が眼をやれば、粋《いき》な着物を着こなした四十台半ば程度の女性が繕《つくろ》いものをしている。若い頃にはさぞや持て囃《はや》されただろう美貌は、老いてなお艶やかな華やかさを誇っていた。

「久し振りだねぇ。でも、ずいぶん急じゃないか。それもこんな綺麗なお嬢さんを連れて……」

「ああ……悪い。何か拭くものを貸してくれないか？」

「この雨の中を傘もささずにきたのかい？　酔狂だね」

　笑いながらも立ち上がった女性は、数枚の手拭いを取り出して手招きをする。その所作もどこか洗練されていて、小夜子は眼を瞬《しばた》いた。

「いつまでそんな所に突っ立っているんだい？　お前はともかく、その娘《こ》は座らせておげ。可哀想じゃないか」

「できたら着替えも貸して欲しい」

履物を脱ぎ捨てた甲斐は、戸惑う小夜子を指し示した。

「いえ、そこまでしていただかなくても……」

「そんな若くて品の良いお嬢さんに似合うようなものはないけれど、私の若い頃の着物でいいかい？　お前も早く着替えなさい。あちこち濡らされたら堪ったもんじゃないよ」

二人の間に漂う気やすい空気は、小夜子が入り込めるようなものではなかった。甲斐も慣れた様子で部屋に上がり込み、箪笥《たんす》の中を物色している。

「あの、甲斐さん。こちらの方は……？」

紹介もないまま置き去りにされた形で、小夜子は視線を彷徨わせる。親を追う子犬のような気持ちで甲斐を追いかけた。

「え？　ああ、……俺の、母親です」

「甲斐さんのお母様……!?」

「何だい、紹介するつもりで連れてきたんじゃないのかい？　お嬢さん、この子ったら、貴女へ碌に説明もしないでここまできたの？」

呆れ顔の母親は、気安く小夜子に話しかける。間近で見てみれば、顔立ちはともかく雰囲気が二人はよく似ていた。漆黒の瞳と艶のある真っ直ぐな髪。何より意志の強そうな光を宿したその眼差し。

「違う。彼女は――伊織さんの妻だ」

「伊織さんの――？　じゃあ雪野原のご令嬢……？　それがどうしてお前と……」

心底驚いた様子の母親は、眼を見開いてまじまじと小夜子を見る。

「出先で車が故障して、俺が小夜子さんを東雲の屋敷に送り届ける途中に急な雨に降られたんだ。――おかしな理由じゃない」

「そう……小夜子様と仰る？　こんなむさくるしいところですが、ようこそいらっしゃいませ。存じ上げなかったとはいえ、お見苦しいところをお見せしました。申し訳ありません。私は甲斐の母親でございます」

急に余所余所《よそよそ》しくなった口調が寂しさを抱かせ、小夜子は眉根を寄せた。

「あの、私――」

「お疲れでしょう？　お茶でもご用意いたします」

「い、いいえお気遣いなく」

小夜子は何もいらないと主張したが聞き入れられず、客人として上座に座らせられた。そして甲斐の母親が茶の準備をする間に着替えとして赤地の着物を渡される。申し訳なくて断ろうとも思ったが、実際のところ濡れたままでいるのは気持ちが悪いし、何よりそのまま腰を下ろせば座布団を濡らしてしまうので、素直に借りることにした。

「俺は一度外に出ますから、小夜子さんはゆっくり着替えてください」

言い置いて本当に外へ出て行ってしまった甲斐を見送り、小夜子は帯を解いた。手早くすべてを乾いた着物に取り替えた頃、母親が湯呑みを置いてくれる。

その際、僅かに右脚を引きずっているのに眼がいってしまった。

――甲斐さんが仰っていた怪我の後遺症ね。子供を庇って負った傷が原因だとか……お優しくて、強い方なんだわ。それに、とても綺麗な人……

「ありがとうございます」

「小夜子様のお口には合わないと思いますが」

「そんな……やめてください。甲斐さんのお母様ならば、私にとっても他人ではありません。どうぞ小夜子とお呼びください」

きちんと膝を揃え、深く頭をさげる小夜子を見て、母親は苦笑した。そして小夜子の視線が自身の脚へ注がれているのに気づき、そっと腿を撫でる。

「貴女、良い子だねぇ。身分を鼻にかけるでもなく、初対面の私にも気配りをしてくれる。この脚のことも、聞いたら悪いと思ってくれたのでしょう？　大丈夫ですよ、私は名誉の負傷だと思っていますから」

「あ……申し訳ありません」

勝手に同情し哀れむのは、相手を一段下に見ているからだと祖母の織江は言っていた。そのことを思い出し、小夜子は慌てて謝罪する。

「私のことは聞いていらっしゃいますよね？　改まる必要性なんてありゃしません」

「は、はい。その……」

妾という言葉に嘲りの意味が含まれるのは、小夜子だって知っている。かと言って、代わりになる言い回しは小夜子の辞書には見当たらなかった。

「甲斐は、東雲の家で上手くやっているのでしょうか」

「はい。皆に頼りにされていると思います」

伊織は絶対に認めないだろうが。おそらく彼も。

「……そうですか。よかった。あの子はそういうことは私に話さないので……」

心底安堵するさまは、母親の顔だった。兄弟仲があまり芳《かんば》しくないことは敢えて告げない。そんなことはこの母親は織り込み済みだろうし、無駄な不安を煽る必要もないだろうと小夜子は思う。

「図体ばかり大きくて愛想のない子ですけれど、性根は優しいんですよ。私はよかれと思って東雲の家にあの子を託しましたが、甲斐はそんなこと望んでいないのかもしれません。それでもあの家に留まるのは、ひとえに私のためなんでしょう。本当に、思いやりのある良い子なんです」

親馬鹿ですけれど、と笑う母親へ小夜子はしっかり頷いた。

「いいえ、私も……そう、思います」

その言葉が嬉しかったのか、母親は更に勢いを得て甲斐の幼い時分の話や、過去の失敗などを語り始めた。

彼がいかにやんちゃで手のつけられない悪童だったか。けれども弱い者苛《いじ》めは好まず、間違った事は大嫌いで、特に母親を悪く言う者には容赦なく拳を振るったこと。

それらを話す時、母親は困ったと言いつつ誇らしげでさえあり、そのどれもが、愛情に満ち溢れた思い出のようだった。身を寄せ合って生きてきた母子が、いかに互いを思い支え合ってきたかがよく分かる挿話は小夜子の胸を温め、いつまでも聞いていたくなる。

「甲斐は、言葉が足りないでしょう。だから誤解されやすいけれど、とても誠実なんです。私に対しても――」

「母さん、やめろよ」

憮然とした声は怒っているというよりも、照れているという表現が正しい。いつの間にか戻っていた甲斐が戸口に立ち、低く唸《うな》った。

「おや、お帰り。ずいぶん遅かったね」

「……小夜子さんが着替える時間が必要だろう。それに久しぶりに帰ったから、隣にも顔を出しておいた。母さんが色々迷惑をかけているだろうし」

「昔のお前ほどじゃないよ！　しかしそれにしたってずいぶん遅かったじゃないか」

母親の脚は日常生活に支障はないと聞いたが、それでもまったく影響がないとは思えない。ましてや、女の独り暮らし。行き届かないことがあるのは当然だった。周囲に助けを求めねばならない場面は多々あるに違いない。

無愛想に振る舞いながらも甲斐の母親への思いやりが透けて見え、小夜子は微笑ましく見守る。そして、肩の力を抜いた甲斐の生き生きとした顔が眼に焼き付いた。それは表情豊かではないものの、穏やかな瞳が印象的な柔らかいもの。見る者の気持ちにも温もりを与えてくれる。甲斐が、どれだけ母親を大切に想っているのか、言葉にせずとも小夜子には伝わった。

「久しぶりに賑やかで楽しいねぇ」

ひとしきり笑った後、母親は目尻の涙をそっと拭った。気丈に見えても、我が子と引き離され健康に不安を抱えていては、孤独を感じていない訳がない。そしておそらく、甲斐もちゃんと気づいている。小夜子は一緒に暮らせない二人の心情を思い、切なさでいっぱいになった。

自分と祖母の織江を重ね合わせたからだ。嫁いで以来、まだ一度も雪野原の実家へは顔を出せていない。伊織が小夜子が出歩くのを良しとしないのはもちろん、なにくれとなく忙しく、間が空いてしまっていた。

——お祖母様、体調はいかがかしら……そうだわ、今度手紙を送ってみよう……

それからある程度着物が乾くまで三人で語らい、小雨になった頃に車を手配してもらって、小夜子と甲斐は東雲家に帰宅したのだった。

別れ際、甲斐と小夜子をじっと見つめた母親が何か問いたげにしているのを、甲斐が首を振って遮ったのが何故か印象的だった。

七章　淫夜《いんや》

「こうして触れ合うのは久し振りだね、小夜子。待ち遠しかっただろう？」

すでに裸に剝かれた小夜子は、品定めよろしく伊織の視線を全身に受けていた。布団の上にしどけない姿で座る小夜子の項《うなじ》を検分していた伊織は、満足げに頷く。

小夜子が甲斐と小雨の中帰宅した時には、伊織はまだ帰っていなかった。

いや、正確にはその夜は戻らず、翌日遅くなってからの帰宅となったのだが、その際白いシャツにこれ見よがしな紅《べに》の痕が残されているのに小夜子は気づいた。伊織はすでに酔っているのか、頬には朱が走り、ご機嫌な様子であったので自覚していなかっただろうけれど。

小夜子が倒れて以来、しばらくは自重していた伊織だが、その我慢も限界に達したらしい。帰るなり、酔いに任せて小夜子を閨に引きずり込んだ。

「甲斐、僕がいない間、小夜子に触れたりはしなかっただろうね？」

「……当たり前です。兄さんのものに、勝手に触れたりいたしませんよ」

「ふははっ、当然だよ。勘違いしちゃあいけない。お前は僕のお情けでここに住んでいられるんだからね」

久方振りの戯れだからか、伊織は小夜子に全裸になることを強要した。

諾々《だくだく》とそれに従い、自ら衣類を脱ぎ捨てる羞恥に、以前ならば耐えられなかっただろう。けれど、もはやそれくらいでは何も感じられない。日々心が麻痺し、摩耗しているのが分かる。

伊織の細い指が小夜子の首をつぅ……っと撫でた瞬間、ぞわぞわとした震えが全身へ走り、小夜子は唇を噛み締めた。

甲斐に触れられた時とはまるで違う反応に誰より戸惑ったのは小夜子自身だ。甲斐の大きく無骨な手に抱き寄せられると、そこから熱が吹き出してくる。

やがて全身にそれが駆け巡る頃には、すべてが蕩けてしまう快楽に呑まれているのが常だった。

「ああ、やっぱり小夜子は綺麗だ……他の女ではこうはいかない」

「……兄さん、こんな時に他人と比べるなんて……」

「ふふ……小夜子は利口だから、ちゃあんと自分の立場を弁《わきま》えているさ。そうだろう？」

同意しか求められていない問いに、小夜子は微かな首肯だけで返した。抜け出せない地獄ならば、沈んでしまえば楽になる。その中で僅かに輝く喜びに縋れば良い。小夜子は伊織の肩越しに甲斐だけを見つめていた。

「さぁ、小夜子……甲斐に沢山汚されておいで」

差し出された先には待ち望んだ手がある。

ごつごつと節くれ立ち、少し荒れ気味の働く手。そこへ絡めるのは、見かけだけは取り澄ました脆弱《ぜいじゃく》な自分の指。よく日に焼けた小麦色と青みがかった白とが重なり合う対照的な光景に手の平が汗ばむが、小夜子以上に甲斐の体温は高かった。膝立ちで向かい合い、まだ着物を纏ったままの甲斐の腕の中に囚われる。小夜子の剝き出しの肌に、木綿が擦れた。

「今日は……そうだな、立ったままというのも悪くない。ああでも、服を着たままというのも楽しみたかったのだっけ。忘れて脱がせてしまった。ふふふ、一度じゃとても終わらないなぁ……まぁ、夜は長い。存分に楽しめそうだよ」

欲にまみれた伊織の言葉はもう小夜子には届かなかった。

意識的に追い出した彼の声は無意味な雑音でしかない。聞きたいのは、眼前の男の息づかいと激しい鼓動だけだ。

ただの思い込みでも、優しい彼に愛されて抱かれるのだと、小夜子は自身に言い聞かせた。自己暗示をかけるだけで、僅かながら救われる気がしてしまう。

仮に甲斐が大切な別の誰かを想っているとしても、肌を合わせるこの時だけは小夜子を見てくれている。そんな幻影に縋って、束の間の夢を見る。

たとえ身代わりにされていたとしても、彼を独り占めできる刹那があれば、耐えられる気がした。

甲斐の大きな手が後頭部に回り、頂から襟足までを撫でられると、小夜子は心地よさにうっとりと眼を閉じた。

彼の体温は、いつも小夜子より高い。

「今夜はずいぶんと従順なのだね。小夜子も飢えていたってことかな？　長いこと放置してしまったから、寂しかったのかい？」

小夜子が泣きもせず、言われるがまま従うのに気を良くして、伊織は上機嫌に唇を舐めた。

それは半分当たっているし、半分間違っている。少なくとも、感じた孤独は伊織に対してのものではない。

——誰でもいいわけではないの。

何度否定しても隠しきれない本音から、もう眼を逸らし続けることは難しい。小夜子の心は、他の誰でもない甲斐を求めていた。

先に受け入れてしまったのは身体の方。

だから、それに引きずられてしまった可能性も捨てきれないし、もしかしたら、苦痛を和らげるための逃避が見せた幻かもしれない。囚われた精神が崩壊を避けようとしてありもしない思慕を作り上げた結果なのかもしれない。

けれど一つだけ確かなのは、甲斐以外の男にこうされたいとは絶対に思わないことだ。それは伊織も含まれる。だから、もしも夫が小夜子の倒れる直前に語ったように、彼自ら手を出そうとしていたらと思うと、それだけが怖かった。けれど今夜の伊織を見る限り、そんな気は毛頭失せているらしい。

甲斐のはだけた胸から聞こえる心臓が早鐘を打ち、小夜子のものと重なってゆく。無表情を装いながら高まってゆく彼の熱をもっと味わいたくて、小夜子は硬い甲斐の胸に自ら唇を寄せた。甲斐がぴくりと反応を示したのに満足し、更に大胆に舌で擽る。

「……っ」

「積極的だね、小夜子。甲斐、押され気味じゃないか、情けない。そんな有様ではお役御免にしてしまうよ」

冗談とも本気ともつかない伊織の言葉に小夜子は焦り、慌てて己を律した。万が一にも別の男など充てがわれたくはない。

そのためにはいくらでも清純な淑女の仮面を被り、伊織を楽しませられる。あくまで自分は彼のお人形なのだから、間違っても彼の望みから外れてしまってはならず、彼の目の届く範囲でだけ僅かな自由を許される。

例えば――――嫌がる振りをしながらならば、淡い想いを抱く男と肌を重ねることも。

「……ぁっ……」

脇腹を掠めた甲斐の指先が、焦らす動きで小夜子の乳房に触れた。それは、自身の渇望を抑えるために敢えてゆっくり動いているようにも見える。

傾けられた顎に、頬に、口づけられる。熱の塊となった彼の唇は燃えるように熱い。けれど、小夜子の唇は冷えたままだ。

――その熱をここにも分けてくれたらいいのに……

きっと本当に特別な口づけは、唯一の相手に贈られるのだろう。そう思うと泣きたい衝動に駆られ、告げられない欲望が腹の中で渦巻く。出口を求め、溶け出した蜜液が脚の間をいやらしく濡らした。

腰を抱かれ、背がしなったせいで胸を突き出す体勢となり、甲斐の眼前で揺れる果実が艶かしい。誘うように色付いた頂は、すでに硬くなって存在を主張していた。

「ふ、……ぁッ」

口内に含まれ、吸われ、突かれて転がされる。

残された片側も甲斐の手により淫らに形を変えられていた。両方の乳房から与えられる刺激は甘やかで、小夜子の息を乱れさせる。

「真っ赤になって……潤んだ瞳が男を誘うね。でも甲斐、胸ばかり弄るなんてまるで赤子のようだな。お前、ひょっとしてそういう趣味があるのか？　小夜子は中々大きくて形もいいものなぁ」

「……別に大きさには興味はありませんよ」

「……っん」

腰から下に滑り落ちた甲斐の指が小夜子の臀《しり》にかかる。背後から脚の付け根へと伸ばされた指先が、濡れそぼった入り口を撫でた。

「もうこんなに溢れて……小夜子さんはずいぶん淫乱におなりだ」

「や……っ」

殊更に揶揄する甲斐の口調に傷つき、それでも隠しようもなく快感が突き抜ける。

思わせ振りに上下に擦られるだけで内側に触れられているわけでもないのに、身体は勝手に期待を高めた。

「ほら、俺の手首までぐっしょりですよ。ついこの前まで何も知らない無垢な乙女だったなんて信じられませんね」

ひどい言葉で嬲りつつも、その眼が優しいせいで、小夜子は甲斐をどうしても憎めない。きっとそれは、最初からそうだった。

至近距離で互いの眼を覗き込み、他のすべてを遮断する。視界に広がる黒だけを捉えて、小夜子は悦楽の海に身を投げた。そうしていれば、やる瀬ない現実を忘れていられる。たとえ一瞬のまやかしでも、大切にされているのだと感じられる。

「……アッ、あ、あ……」

粘度のある水音が下肢から響く。膝立ちになったままの小夜子の太腿は小刻みに震え、そのたびにぬるりと甲斐の指が滑る。

「甲斐っ、それだと小夜子の顔がよく見えないじゃないか。こちらを向かせろ」

焦れた伊織の言葉の後、小夜子の耳元で微かな舌打ちが聞こえた。それはあまりに微弱な音で、もしかしたら気のせいだったのかもしれない。

「……分かりました」

「え？」

脇の下に甲斐の腕が通されたと思った瞬間には、小夜子の身体は引っくり返され、眼の前には伊織の顔があった。否が応でも視界に入る夫の顔に小夜子の羞恥が蘇る。

「壁に手をついて」

壁に寄りかかり座り込んだ伊織の顔が醜悪に歪んだ。即座にその意味は理解したが、小夜子の心が拒む。

伊織は、立ったまま後ろから甲斐に抱かれる小夜子を、手をついた壁との間で観賞しようとしているのだ。つまり身体は甲斐に蹂躙されながら、夫と見つめ合えと要求しているに他ならない。

「い……嫌っ……！」

「おや、やっといつもらしい反応が帰ってきたね。それでこそ小夜子だ。もの慣れたお前も悪くないけれど、せっかくなら嫌がるお前をぐちゃぐちゃに堕としてみたい」

伊織の秀麗な笑みも、今は邪悪なものとしか感じられなかった。

残酷すぎる提案に小夜子の心が軋む。いつも以上の辱めを与えようとする彼が憎く、それに諾々と従う甲斐も恨めしい。

「可哀想に、そんなに泣いて。でもお前が悪いんだよ？　小夜子」

「そんな……私が、何を……っ」

「お前、甲斐ばかり見ているだろう？　僕が気づかないとでも思っているのかい？　馬鹿だね。あんな空っぽの木偶《でく》の坊に助けを求めたって、逃げ道などありはしないよ？　あれは僕の命令に忠実に従う下僕なんだからさ。上手く誑かせば、自分を守ってくれるとでも思っていたのかい？　まったく愚かで可愛い女だね、お前は」

　ひゅう……と鳴った喉に、伊織の息がかかった。全身へ広がる慄きが、肌を粟立たせる。

「甲斐、小夜子に教えてやれ。無駄な希望など抱くだけ無意味だと。できないとは言わないよな？　お前の代わりなんていくらでもいるのだから」

「……はい」

　肌に食い込むほどに小夜子の腰を摑んだ甲斐が、もう片方の手で背中を押した。

　そのせいで、前に倒れた上半身が体勢を保てなくなり、小夜子は壁に手をつく。ぐっと近くなった伊織の顔に影が差した。

「あ……」

「ふふ……口づけられそうな距離だね」

　嫌だ、と反射的に思った。どれほどの痴態を晒しても、そこだけは守りたいと小夜子は願う。

「兄さん」

「ああ、分かっているよ。煩いな、お前は。でも忘れていないか？　小夜子の夫は僕なんだよ。つまり、彼女を自由にできる権利を持っているのは、この僕だけなんだ。――――ふん、でもまぁ、このもどかしさが愉快でもあるのだがな……」

伊織は小夜子の頬に伸ばしかけていた手を下ろし、視線で甲斐を急き立てた。それを受け、背後で衣擦《きぬず》れの音が響く。

「甲斐……さん」

この期に及んで、まだ淡い希望を捨てられない自分が情けない。ひょっとしたら、甲斐が救いの手を差し伸べてくれるのではないかなどと。

いや、そこまででなくとも、小夜子を哀れんでくれるのではないだろうかと期待している。――――そんなはずはないのに。

小夜子は涙で滲んでゆく視界に逆らわず、敢えて焦点をぼやけさせた。

「……小夜子さん、力を抜いて」

「っ、……ぁ、あッ」

もう慣れた質量とはいえ、久方振りに受け入れた大きさに身体は悲鳴を上げた。それでも充分に解れて蜜を湛えた場所は、貪欲に甲斐のものを呑み込んでゆく。

「ちゃんと息を吐いて……きつい……っ」

「い、ぁ、あ……駄目ぇ……っ」

内臓を押し上げられるような挿入に小夜子の膝が笑い、突っ張った腕が震える。

身長差があるせいでほとんど爪先立ちになり、もはや甲斐に支えてもらわねば立っているのは難しかった。

「眼を閉じてはいけないよ。僕を見なさい」

いくら甲斐との行為を愛情からの営みだと思い込もうとしても、間近に迫る伊織を意識の外に弾き出すのは難しい。見えないか、せめて眼が合わなければ可能であったが、彼はそれを分かっていたからこそこの状況を強要したのだ。

一度眼を瞑ったせいで晴れてしまった視野が夫の顔を捉える。今最も眼にしたくないのに、伊織の瞳に映る自分さえもはっきり確認できる近さに眩暈がした。

「……っく、」

「あ……ぁあっ！」

突き入れられた屹立の先端が最奥《さいおう》を抉る。不安定な体勢が恐ろしくて大人しく受け入れるしかない小夜子へ、無慈悲に甲斐の腰が叩きつけられた。

「動き……ますよ」

「……っ、待……！」

ぐちゅりという淫音と共に、身体の中心を引き裂かれる。

みっしりと埋め尽くされた昂りが小夜子の内壁を擦り、暴力的な快楽を伝えてきた。柔らかな内側が歓喜して甲斐を奥へと誘い、身体は勝手に熱を上げる。

甘い夢を見ることさえ許されず、置き去りにされた心が現実を拒否しようとしても、それは叶わぬ願いだった。

「んん……っ、あ、あぁッ」

荒々しい動きで腰を振られ、崩れ落ちそうになるが、強引に立たされ揺さ振られる。剥き出しで揺れる乳房に感じるねばついた伊織の視線を遮る術さえ、小夜子にはありはしない。

女の柔肌に男の硬い肌がぶつかる音と、三人分の息づかいで部屋は満たされ、淫靡な空気が充満した。

「……はっ、そんなに気持ちがいいですか……?」

背後から甲斐に顎を摑まれ、上向かされる。

そのおかげか、伊織と絡んでいた瞳は解かれた。

「……ア、あッあ、嫌……いゃあ……っ!」

「嘘つきですね。身体はこんなに悦んでいるのに」

「あ、あ、あぁあっ」

奥に密着されたまま円を描くように腰を回され、小夜子の中で火花が弾けた。開きっ放しになった口からは、だらしない嬌声と唾液がこぼれる。

「堪らないな……」

伊織が感嘆の声を漏らし、うっとりと小夜子の狂態を見守っていたが、もうそれを気にする余裕は彼女には残されていなかった。

激しい律動により引きずり出される快楽に呑み込まれ、すべてが快感へと変換される。強く摑まれた腰さえ甘やかな愛撫に思え、幾度も高みへ放り出された。甲斐の乱れた呼吸の中に、押し殺した喘ぎが混じる。そのことに、小夜子は密かな喜びを禁じ得なかった。

――私の身体で悦んでくれているの……？

そうならば、嬉しい。彼が誰を想ってこの行為に耽っているのだとしても、小夜子にとって一片の救いであるのは事実だ。

――ならば身代わりでも、構わない。

「ぁ……っ、も、もう……！」

「小夜子……さん……っ」

壁に爪を立て、背をしならせて真っ白な世界へ飛ばされる。びくびくと痙攣しながら、内部の甲斐を逃がすまいと、淫らな襞が複雑にうごめいていた。

「……ぁ、ぁ……」

虚脱し、すっかり自力では立っていられなくなった小夜子の身体を、甲斐が後ろから抱きすくめる。疲れ切った身体は休息を求めて眠りに落ちそうになるが、熱い呼気に首筋を炙られながら、己の内部で未だ力を失わない昂ぶりを感じて慄然とした。

「まだ終わりじゃないよ、小夜子。言っただろう？　夜は長いって」

「いや……」

今度こそ唇の触れそうな距離で伊織が微笑む。

二人の男に挟まれて、小夜子は駄々っ子のように首を振り、絹糸のような黒髪が左右に揺れ散った。

汗で背中に張り付いた一房を甲斐がそっと払い、その場所に唇を押し付けた。

「……ひ、んっ……」

刹那の痛みに焼かれ、新たな痕が刻まれたのを知る。自らの胸元を見下ろせば、数えきれないほどの赤い華が咲いていた。それをどこかで喜びながらも、達したばかりの肉体は限界を訴えている。

「も、もう……許してください」

「許す？　僕は何も怒ってなどいないよ？　もしかして、甲斐に色目を使ったことを言っているのかい？　だとしたら、とんでもない勘違いだ。小夜子、僕はね、面白くて堪らないんだよ。だってそれが本当なら、こんな倒錯的な状況はないと思わないかい？　絶対に想いを返さない男に玩具にされ、しかも触れ合えるのは僕の許可がある時だけ。もしも僕が別の男を用意すれば、小夜子は従うしかない」

「……！」

身を強張らせた瞬間、未だ小夜子の内側に留まる甲斐を締め付けてしまったのか、腹と肩に回されていた彼の拘束が強まった。苦しいほどの抱擁に身体を捩ろうとすれば、更に力を込められる。

「そんな怯えた顔をしないでおくれ。大丈夫、物事には段階があるからね。今はまだその時じゃないし、楽しみは常にとっておかなくちゃ。取り敢えず、跡取りを拵《こしら》えてもらわなければ、色々面倒だからね。その後でなら――」

激しい動悸が耳鳴りのように響いていた。それはもう小夜子自身のものなのか、背中越しの甲斐のものなのか分からない。ただ煩いほどに頭の中まで駆け巡る。

「……小夜子さん、動きますよ」

「ぁ、あ……っ」

大きなものが抜け出ていく感覚でさえ、敏感になった小夜子の身体にはきつい。絶頂を迎えたばかりのせいで、僅かな刺激さえ声を漏らさずにはいられないものとなる。

「ふふ……ああ凄い。大洪水だ」

自分でも腿を伝う生温かい液体の存在は自覚していた。同じことを甲斐に嘲られた時は奇妙な高揚を得られたのに、伊織に指摘されると居た堪れなくて涙ぐんでしまう。だがそんな反応は、伊織を上機嫌にさせただけだった。

「甲斐、今度は優しく小夜子を悦ばせてやれ」

「……」

珍しく返事をせずに、甲斐は小夜子を軽々と抱き上げて、そのまま布団へと横たえる。

考えてみれば、正面から覆い被さられるのは久しぶりかもしれない。見下ろされる目線の強さに慄いて、小夜子は反射的に眼を逸らした。甲斐が怖かったのではない。むしろ、小夜子の醜い内面を見透かされそうなことが恐ろしかった。

「……っ」

小夜子の両脇につかれた甲斐の手が握り締められ、敷布に皺が寄る。小夜子は彼の拳に浮かぶ青い筋を不思議な心地で眺めていた。

「おや、本性が暴露《ばれ》て嫌われてしまったかな？」

甲斐に対する小夜子の態度を拒絶ととったのか、伊織は声を出して嗤う。その意味が分からず首を傾げた小夜子は、次の瞬間には背を仰け反らせ悲鳴をあげていた。

「あッ、ぁあぁ――――ッ！」

一息に奥深くまで侵入され、押し開かれる苦痛と悦楽に手脚が跳ねる。

小夜子の細い腰を浮かせながらの、ねじ込むような挿入だった。ごつりと音がしそうなほど行き止まりを抉られて、音も匂いも消え失せる。恐ろしいほどの快楽に襲われて、理性そのものが吹き飛ばされた。

「優しくしてやれと言ったじゃないか。小夜子が驚いているぞ」

言葉では咎めつつも、伊織は完全に面白がり、むしろ煽るように手を打った。

「ああ……すいません。俺も久し振りで、夢中になってしまいました」

「ははは、まるで獣だな。いいぞ、それなら壊れるくらい小夜子を乱れさせてみろ」

「や、あ……ぁ」

提案の恐ろしさに、小夜子は辛うじて残っていた力を掻き集めて頭上へ逃げようとした。けれど貫かれたままの身体と大きな手に阻まれて、あっさり引き戻される。

「……逃がしませんよ、小夜子さん。貴女はここで、俺の子を孕むんです」

「う、あ」

ぎらついた欲望を宿した黒い瞳からは、先ほどまでの穏やかさや優しさなど消え失せていた。獣となった男の劣情が剝き出しで、小夜子を慄かせる。同時に、ずくりと下腹部が甘く疼いた。

ふしだらにも身体は歓迎の意を示し、それは小夜子の表情からも明らかだった。

「ふ……期待しているのですか？　きゅうきゅうと収縮して、旨そうに俺のものをしゃぶっていますよ」

臍《へそ》の下、今まさに甲斐がいる場所を手の平で撫でられる。そして、肌の上から圧迫され、より一層狭まった肉壁が男の昂りを締め付けた。

「や……ッ、あ、あぁッ」

荒々しく腰を振られ、溢れる蜜が淫靡な音を奏でた。掻き回され突き崩され、浅ましくも肉欲だけを貪る畜生へと堕ちてゆく。それでも――以前ほどの絶望を感じていない自分に、小夜子は気づいていた。それは、相手が甲斐であるからだ。

物として扱われ、悲しく屈辱も感じているけれど、何かが前とは変わっている。例えば甲斐の冷たい言葉の裏、絡みつく腕の力、押し殺された視線の熱さ。それらの奥に意味を探したくなってしまう。

伊織の言う通り、甲斐は盲目的に兄に従っているだけで、小夜子に対して同情くらいは抱いても、助ける気など微塵も持たないのかもしれない。それでも、きっと母親に見せた顔が彼の本質だ。あんなに優しさと思いやりに満ち溢れた人が、人でなしとは思えない。だから、小夜子は幻想を胸の内に温めていられる。

――蜘蛛の糸は、途切れてしまうのかしら?

自分勝手に縋るような強欲さは許されず、更なる深い地獄へ突き堕とされるのかもしれない。甲斐にそんな意図などなければ、小夜子の秘かな期待など煩わしいだけにすぎないだろう。ましてや、想う相手が他にいるとなれば尚更。

それでも、小夜子は向かい合った甲斐の瞳を覗き込んだ。

「……っ」

彼が息を呑んだのは一瞬。視線が泳いだのは寸刻。

――欲を出せば、垂らされた糸は断ち切れてしまう。ならば、私はこれ以上を望まない。でもせめて、今この時だけは、手を伸ばすのを許して欲しい……

悲壮な覚悟の下で、小夜子は甲斐の腰へ自らの脚を絡めた。迷いつつ、両の腕を彼の首に巻き付け、引き寄せて、余すところなく淫楽に耽る。

――この時だけは、煩わしい何もかもを忘れられる。

見つめるのは自分を抱く男だけ。聞くのはその鼓動と息づかい。全身全霊で味わう快楽に伊織の存在は霞んでゆき、世界は小夜子と甲斐だけのものとなる。

「っ、あ、あ、ぁッ……いっちゃ……っ!」

限界が近づいて、降りてきた小夜子の子宮を甲斐の切っ先が叩く。更に質量を増したものが、一際冷静でいられない場所を的確に抉り、狂うほどの愉悦になった。

「あ、あああ――――！」

「……く、ッ」

意思とは無関係に躍る手脚が一気に強張り、小夜子の内部が収縮した。甲斐が苦悶の表情を浮かべ、熱い奔流が小夜子の胎に注がれる。火傷《やけど》しそうなほどの熱が溢れんばかりに吐き出され、身体の一番深くを染め上げられた。

「……ぁ、ふ……」

「蕩けた顔をして。そんなに欲しくて堪らなかったのかい？」

伊織が何かを言っているが、もはや小夜子には無意味な音の破片にすぎなかった。耳を澄ませて聞き取るのは、汗を滴らせ自分を見下ろす男の声だけだ。

「……まだ、ですよ。これじゃ全然足りない」

荒い息の下から紡がれる純度の濃い欲望は獲物を定めた捕食者のようで、小夜子は静かに涙を流した。

八章　綻《ほころ》ぶ

爛《ただ》れた日々は、平和な日常と薄皮一枚を隔て、厳然と存在する。

昼間の小夜子は貞淑で控え目な、東雲伊織の新妻だ。

けれど夜は二人の兄弟に嬲られる玩具となる。

貞女と淫婦、両方の役割を強要され、小夜子は二つに引き裂かれていった。その中で何とか正気を保てるのは、甲斐という、か細い蜘蛛の糸のお陰だ。

縋るもののない暗闇では、そんなものさえ救いの主に見えてしまう。溺れる者が藁を摑むように、手を伸ばさずにはいられない。

――なんて愚かで、浅ましい。

はっきりとした同情を寄せられたのでも、ましてや特別な感情を向けられたのでもない。

彼が伊織を裏切るはずがないと知りつつ、勝手に甲斐の数少ない言動の端々に頼り、依存する。

それは、均衡《きんこう》を保とうとする精神の足掻きなのだろう。それでも、良かった。小夜子にとって、真実などもはやどちらでも構わない。大切なのは、祖母のためにも一日でも長く狂わずにいることなのだから。

晴れていてもどこか薄暗い部屋の中、小夜子は独りぼんやり庭を眺め座っていた。暖かそうな陽だまりで戯れる雀《すずめ》たちは愛らしい。まだ、そんな普通の感覚を抱けることに安堵して、傍の柱に寄りかかる。

毎日削《そ》がれてゆく誇りはすっかり摩耗し、萎縮してしまっていた。甲斐にそのつもりはなくとも、言葉や仕草に勝手に意味を探して一喜一憂し、自己暗示をかけるように事実を都合よく解釈することで、毎日をどうにか生きている。

疲れていないと言えば、嘘になる。

――お祖母様はお元気かしら。

きちんと薬を飲んでいるのか、心配でならない。時折訪れる父に問いかけても、大した話を聞けないのがもどかしい。

小夜子は本日何度目か分からぬ深い溜め息を吐き出した。前や上を見なければと己を叱咤しても、下だけを向いていても、見えるのは泥の海だけだ。前や上を見なければと己を叱咤しても、次第に気力が失われてゆくのは否めず、今や沈まずにいるのが精一杯。花を活ける気にもなれず、ぼんやりとしているだけの時間が増えてゆく。

昨晩も夜遅くまで嬲られた身体には重く疲労がのしかかり、節々の痛みが心を打ちのめ

す。消える間もなく上書きされた赤い痕は、古いものから黄色に変色し、醜い斑模様《まだら》に
なっていた。
飛び立つ雀につられて、出口のない囲いの中、空を仰ぐ。切り取られた青は眩しすぎ、
小夜子は眼を閉じた。
――お祖母様……今の私には天が高すぎて、見上げることさえ難しいわ……
光に負けた眼が痛み、一筋の涙が頬を伝った。

そんな折、追い打ちをかけるような出来事が小夜子を襲った。
辛い悪夢に耐える理由とも言うべき祖母の織江が、危篤《きとく》状態に陥ったと連絡が入ったの
は、夜も更けた雨の晩だった。
『本日の昼過ぎに意識を失われ、すぐに医師を呼びましたが、それから一度も意識が戻り
ません。おそらくは、今夜が山かと』
受話器越しに聞こえる雪野原の家令の声は無機質で、混じる雑音が殊更冷たく響く。
雪野原家ではほとんどの使用人に暇を出したが、最後まで残ると言ってくれたのが、小
夜子が生まれる前から仕えてくれている彼だった。
祖母との主従関係はもう六十年近くなる。その分、小夜子にとっても気安く、一番頼り

にしていた。

「今日の昼……？　何故もっと早く教えてくださらなかったの!?」

『織江様の望みです。次に倒れたら、もう小夜子様には告げるなと……』

いつも冷静な家令の声が微かに震えた。小夜子は、自分だけが祖母を案じているのではないと思い至り、唇を噛み締めた。

「……大きな声を出してごめんなさい。お祖母様の言付けを破ってまで、貴方は連絡をくださったのに……」

きっと、彼女は予感していたのだろう。次に発作を起こせば、助からないと――

小夜子は今すぐ祖母の元に飛んでゆきたいと願うが、時刻はもう婦女子が出歩くのに常識的な刻限をとうに超えている。

ましてや今夜、伊織は不在だった。付き添ってもらうどころか、連絡さえ取れない。仕事、と言ってはいたが、女の元へ通っているのは明白だ。最近の彼は、前以上に女の影を隠そうともせず、甲斐を置いていくので非常に分かり易い。

何もこんな時にと苦々しくはあるけれど、嫉妬心を抱けない自分は、すでにどこかが壊れているのかもしれない。当たり前の夫婦の形からはかけ離れすぎて、普通がどんなものか分からなくなっている。

迎えを呼んで一人向かうということも考えたが、それはあまりにも現実的ではなく、躊躇う。雪野原家には今、お抱えの運転手はいなかった。父が車での移動を好まないため、暮らしに余裕ができても雇い入れてはいないらしい。

だがもし車を使えたとしても、後で伊織に知られた時は面倒なことになってしまう。彼は小夜子が自由に振る舞うのを快《こころよ》く思わず、自らの手の中で許された狭い範囲で生きることしか認めてはくれない。それは結婚してから、嫌というほど理解した。万が一夜更けに屋敷を抜け出したと知れれば、どんな制裁が科されるか考えただけで恐ろしい。

思いつく最悪の筋書きを振り払い、小夜子はそれでも祖母の元に行きたいと願った。

幼い頃に亡くなった母の代わりに小夜子を育て、頼りない父の代わりに守り続けてくれた人。目先の障害ごときでその恩と愛情を忘れることなどできやしない。

「……これから、そちらにお伺いいたします」

『小夜子様……それはいかがなものかと。天候も益々崩れてきましたし、どうぞ明日の朝に伊織様とご相談されて……』

「それでは……！」

間に合わないかもしれない、とはさすがに口にはできなかった。言葉に乗せてしまえば、それが本当になってしまう気がして足が竦む。

『お一人で出歩くなど、御夫君《ごふくん》はお許しにならないでしょう』

すでに伊織の不在を承知している家令は、小夜子の無謀さを諫めようとしてくれる。けれどそれは、今向かおうが明日の朝出発しようが、どちらにしても間に合わないのだと言われているように思われてならない。

「大丈夫よ。何とか車を動かせる者にお願いして――」

　そうは言ってもこの時間だ。使用人たちも休んでいる。東雲の家で、運転を担っている者は住み込みではなく通いの者ばかりのため、今すぐ呼び出すのは不可能だろう。他にできそうな者を起こして頼み込むのは気が引けるが、徒歩では到底今夜中に辿り着くのは無理だし、他所《よそ》に頼むのも難しい。

　小夜子は内心どうしようかと思い悩んでいたが、上手い解決策など思いつかなかった。それでも、何とかすると豪語して前のめりになる。

「――ご心配なく。俺が無事にお送りいたしますので」

　小夜子が噛み付かんばかりに握り締めていた受話器が唐突に抜き取られたのは、まさにその瞬間だった。驚いて頭上を見上げれば、真後ろに立った甲斐が通話を引き継いでいる。

「え……？　あの、」

「――はい。ええ、そうです。その点は問題ありません。これからすぐに参ります」

　呆然としている内に話を纏めたらしい甲斐は、素早く通話を終えてしまった。切られた電話に動揺を収められない小夜子に、彼は上着を渡してくる。

「では行きましょう、小夜子さん。寒いかもしれませんから、これを羽織って」

「え？」

「ほら急いでください。車を回してきますから」

　有無を言わせぬ勢いに、問答無用で従わされてしまう。小夜子は甲斐に連れられるまま身支度を整えられ、暫く後には車の後部座席に座らせられていた。

「兄には後で俺から説明しておきます。ですから小夜子さんは余計なことなど思い煩《わずら》わず、お祖母様のことだけを考えていてください。……少し、飛ばしますね」

「は、はい」

言葉の通りに動き出してすぐに速度をあげた車の窓からは、真っ暗な景色が後方へ吹き飛んでゆくのが見える。

大粒の雨が幾筋もの跡を残し、流れ落ちた。深夜とも言える時間帯、通りに人の気配はなく、街灯だけが寂しく灯っている。夜を照らすには不充分な光は、車の光量を以てしてもまだ闇に押し負けていた。

「……そんな顔をしないでください」

「え？」

窓硝子に映る青褪めた自分の顔を見ていた小夜子は、甲斐の言葉で前を向いた。

「きっと、大丈夫です。小夜子さんを、待っていてくれますよ」

「……」

励ましてくれているのかと、小夜子の中で歓喜するものがある。

そんな場合ではないのに、彼の気遣いが身に沁みる。強くなる雨の音は不安を掻き立てるばかりで、沈黙を埋めてはくれない。小夜子は、甲斐の声を聞いている時だけ、重苦しい心地から解放される気がした。

「……私にとっては、母も同然なんです」

「はい」

「祖母がいなければ……私は今ここにいないと思います」

そもそもまともに成長できたかも怪しいし、何より伊織との結婚は受け入れなかった。……仮に受けたとしても、彼の為人《ひととなり》を見極める余裕くらいは持ち合わせていただろう。今となっては、すべてが遅い。

「大切な、ご家族なのですね。大丈夫、必ず間に合わせますから」

根拠のない励ましだ。しかも助かるとは言ってくれない。けれど、安易で無責任な言葉よりずっとよかった。誠実に向き合ってくれているのだと感じられ、何より勇気づけられる気がする。

「……厳しいけれど、その分優しい人なんです……っ」

喋り続けなければ、自分さえ見失ってしまうそうな夜の闇を切り裂いて車は進む。流れてゆく景色は時間そのもので、つまりは残された命の象徴かと思えば、小夜子は焦燥感で潰されそうになった。

刻一刻と祖母へ近づいているはずなのに、引き離されてゆく心地がし、泣きたくなる。

「ええ。小夜子さんを見ていれば、分かりますよ……とても、愛情深い方なのでしょうね」

――抱きしめて欲しい。

込み上げる欲求が抑えられないほどに膨らんでゆく。今、この時に、あの逞しくて大きな身体に包み込まれ安心したかった。性的な意味ではなく、甲斐に触れて欲しいと心が叫んでいる。縋るものを求めているだけではない。他の誰でもなく、彼の腕に抱かれたいと小夜子は願ってしまった。

——でも、こんな想いは間違っている。

姦淫の罪だけでも重いのに、それ以上の罪状は重ねられない。望んだものではないにしろ、小夜子の身は穢れてしまった。そして、甲斐もまた被害者である気がする。伊織と同じように小夜子を傷つけはしたけれど、思い返せば、彼はいつも自分を気遣ってくれていた。

思い違いでも、幻影でもない。漸く、小夜子にも分かった気がする。いや、認められたと言うべきか。

——この人は、やっぱり本当に優しい人……

分かりにくく遠回しだけれど、ぎりぎりの瀬戸際で小夜子を守ってくれている。きっと今夜のことでも伊織からは詰られるだけでは済まないだろうに、迷うことなく手を差し伸べてくれた。庭で池に落ちそうになった時には支えてくれ、小夜子が倒れた時には付きっきりで看病をしてくれた。

そしてそのどれにも、何の見返りも求めてはいない。それどころか、まるで何事もなかったかのように振る舞っている。

小夜子は運転席に座る甲斐の温もりを求めそうになる弱い自分を忌《い》んだ。

独り善がりな想いで、同じ地獄に引きずり込んではいけない。

彼には、彼の守りたいものがあるのだ。それはたぶん、彼の母親。以前兄弟の間で交わされた会話を思い出し、小夜子は拳を握り締めた。

『母親がどうなってもいいのか』

そんな脅しであったと思う。今なら、その意味がよく分かる。甲斐も小夜子と同じ囚われ人だ。伊織という支配者に翻弄される哀れな虜囚。

自分は、まだいい。何だかんだと言いつつも自分で選んだ道なのだから、愚かだった故に苦しみの真っ只中にいるけれど、納得はできる。けれど、甲斐はどうだろう？　少ない会話で得た知識でも、自らの意思で東雲家にきたとは思えなかった。きっと、色んな事情が絡み合い、こういう結果になったのだろうし、それも子供の頃から妾の子供として虐げられてきたのならば、どんなに辛かったことか。

小夜子は、甲斐の苦痛に思いを馳せ、漸く彼を理解できた気がした。

「間もなく着きます。小夜子さん、ご準備を」

「……はい。本当にありがとうございます、甲斐さん」

「礼など不要ですよ。兄の、身代わりにすぎませんから。それに、この程度で帳消しにできるものではないでしょう。俺が貴女に与えている心労は」

甲斐が前を向いているせいで表情は窺えない。けれども仮に見えたところで、彼は無表情を貫き通す気がした。

「……感謝しています」

様々な思いを込め、小夜子は彼に告げた。僅かに動いた背中を見つめ、正しく意味が届いたのを確信する。それきり、二人は無言になった。

雪野原の屋敷に到着すると、甲斐はいち早く車を降り、自分はずぶ濡れになりながら小夜子に傘を差しかけてくれた。

「あ、貴方が濡れてしまいます」

「ご心配なく。幸い身体は丈夫ですから、これくらい何でもありませんよ。それよりも早く。お祖母様が待っておられる」

間近に控えながらも決して袖さえ触れ合わないのが、堪らなく寂しい。衝動的に見上げた瞳が、甲斐のものとぶつかった。

「……早く」

彼の喉仏《のどぼとけ》が上下するのを見ているとひどく喉が渇いて、小夜子はゆるゆると頷いた。肩に降りかかる雨は冷たいのに、頬は上気し熱を孕んでいる。逆上せそうな眩暈の中、覚束ない足取りで玄関へと続く道を急いだ。

雪野原家は、元は典型的な日本家屋だ。

増築により洋風建築を取り入れた場所もあるけれど、圧倒的に昔の様式が残っている。身代《しんだい》が傾いてからは手直しする財力もなかったため、良くも悪くも大きさだけは立派で、時代に取り残されながら鎮座していた。

「小夜子様……こんな雨の中を……」

小夜子たちの来訪を知り、連絡を寄越した家令が飛び出してきて、驚きながら手拭いで小夜子の頭を拭う。女中もそれに倣《なら》い肩や足元へ布を押し当てた。

「私は大丈夫ですから、連れをお願いいたします」

中には入ったものの、立ったまま履物を脱ごうともしない甲斐を振り返り、小夜子は目線で先を促す。

「どうぞ、お上がりください。恥ずかしながら、行き届いていない箇所が多いですけれど」

東雲家の援助により使用人は増え、以前よりもだいぶ暮らし向きは楽になっているように見えた。そこかしこ補修がされ、掃除もなされている。

けれども、この広大な屋敷を支えるには不充分であるのか、よくよく見れば粗《あら》が目立つ。女主人がいないというのも、大きな理由の一つかもしれないと思い至り、小夜子は複雑な心地がした。

「……はい」

漸く屋敷に上がった甲斐と共に小夜子は庭に面した長い廊下を抜け、はやる気持ちを押し殺しながら一際大きな部屋の襖を開く。中からは、病人特有の重い空気が流れてきた。

「お祖母様……！」

中央に敷かれた布団に横たわる小柄な人影は、やつれて顔色も悪いけれど、どこか小夜子に似た風貌をしていた。真っ白の髪から艶は失われていたが、品良く撫でつけられ、若かりし頃は大層美しかっただろうことは想像に難くない。傍には往診の医師が控えていた。

「織江様、小夜子様がいらっしゃいましたよ」

家令の呼びかけにも反応はなく、紙のように白い肌からは生き物の気配が失われてしまっていた。小夜子は織江の手を取ると、自分の胸へと抱き寄せた。

「お祖母様、小夜子です。聞こえますか？」

冷え切った指先には何の力も込められてはおらず、骨と皮だけなのにひどく重い。祖母の魂が抜け落ちてしまう錯覚に陥り、小夜子は必死にその手を撫で摩り、熱を取り戻そうと足掻いた。

「お祖母様……眼を開けて……」

「もうずっと昏睡《こんすい》状態が続いています。今、容体《ようだい》は安定していますが……」

小夜子は医師の言い淀むさまに言外の意味を理解した。何よりも、祖母の落ちくぼんだ眼や乾いた唇が残酷な事実を告げてくる。

「いや……嫌よ、独りにしないでお祖母様……っ、ねぇ、お父様はどうしていらっしゃるの？」

「それが、一昨日からご友人の所へ行かれているのですが、船でしか行き来できない場所なのです。この天候ですから、ご予定通りに帰られるのは難しく――」

「お祖母様がこんな時に遊びに出ていらしたの!?」

思わずかっと頭に血が上ってしまう。口ごもる家令を尻目に、小夜子は祖母へ向き直った。ぶるぶると震える唇を噛み締め、深呼吸で気持ちを落ち着かせる。

「……いいえ、お父様だけを責められないわ……私も同罪ね。長い間顔も見せないでごめんなさい……お祖母様……」

簡単に出歩けない身になってしまったとはいえ、一度くらいは無理を言ってでも見舞いに訪れるべきだった。それをしなかったのは、自分のことだけで手一杯になってしまったからに他ならない。己のことばかり考えているという点では、小夜子も父と何ら変わりはないのだと思い、深く頭を垂れる。

「……さ、……よ、こ……?」

弛緩していた枯れ木のような指が微かに動いたのは、その時だった。閉じられて久しかった目蓋がゆっくり開く。

「お祖母様……！」

「織江様！」

勢い込んで覗き込めば、焦点の会わない瞳が暫く揺れた。

「小夜子……なの？」

弱々しい声は掠れてしまい、ほとんど音にならずに囁きのまま消えてゆく。せめて聞き漏らすまいと、小夜子は織江の口元へ耳を寄せた。

「ええそうよ、お祖母様。小夜子はここよ」

「ああ……小夜子……」

もう見えてはいないのか、虚ろな眼は何もない空間を彷徨う。どうにか視界に入ろうと小夜子が身を乗り出しても、織江は緩慢な瞬きを繰り返すだけだった。

「小夜子……ああ、会いたかった……」

「私もよ……！　でもこれからは何度でも会いにくるわ……だから……っ」

織江の、小夜子の手を握る強さが失われてゆく。繋ぎとめようとするが、細かな砂のようにこぼれ落ちてしまう。

「小夜子……ごめんねぇ……私のために……貴女、今……幸せ……？」

どうにか息を呑まずにいられた自分を褒めてやりたい。

織江には悟られないように小夜子は静かに眼を閉じた。祖母は、己の治療費のために小夜子が身売り同然で嫁いだことを充分理解していた。

「……幸せよ？　当たり前じゃない。私、とても大事にしてもらっているわ」

一世一代の嘘は、なかなか上手くつけたと思う。声は震えず、笑みさえ浮かべられていた。小夜子は両の手で織江の皺だらけの手を包み、穏やかに語りかける。

「東雲家の方は皆親切にしてくださるの。……結婚して、本当によかった」

「……そう……よかった……それだけが気がかりだったのよ。……ねぇ、伊織さんはそこにいらっしゃるのかしら……？」

気配を感じたのか、部屋の入り口に立ったままでいた甲斐の方向を指し示し、織江は問いかけた。

「え……あの、その方は……」

違うと否定しかかったが、それよりも早く織江は心底嬉しそうな笑みを浮かべる。

「こんな格好でごめんなさいね。どうか小夜子をよろしくお願いいたします。この子は本当に優しい子なんです。強く見えても脆《もろ》いところのある、繊細な子です。老人の最期の願いと思って聞いてくれませんか」

「お祖母様、あの……」

別人だと言える雰囲気ではなく、小夜子は困り果ててしまった。

伊織ではないと告げれば、彼はこんな時に妻に付き添ってくれない冷たい夫と思われてしまうかもしれない。そうなれば、先ほどの嘘も暴かれてしまう恐れがある。それだけは絶対に避けたいが、甲斐にまで嘘を強要するのは気が引ける。

小夜子は近くまで寄ってきた甲斐を見上げ逡巡した。

「……はい。小夜子さんは素晴らしい女性です。自分には勿体無い……一生をかけて、大切にしてゆきたいと思っています」

隣に膝をついた甲斐のあまりにも自然なもの言いに、小夜子は愕然と眼を見開いた。その先には、柔らかな笑みを浮かべた彼が織江を気遣いながら頭をさげている。

「初めて小夜子さんにお会いした時から、心奪われてしまいました。身分違いと知っていても、諦めきれなかったのです。それが奇跡的にこんな縁を結んでいただけて、自分は幸せ者です。これから先も共に生きてゆきたいと願っています。――そのためには、どんなことでもするつもりです」

語られる決意は、織江のために作られた虚構にすぎない。けれども、真摯な言の葉は小夜子の柔らかな場所へ浸透し、潤してくれる。

「ありがとう……伊織さん……」

安心し切った織江の顔が緩む。そして――

「お祖母様……っ!?」

何かが、消えた。魂や霊魂と呼ばれるものが音もなく立ち去ってしまった。残されたのは、愛しい面影を形にした躯《むくろ》だけ。

「……っ、嫌、お祖母様、待って……私を置いていかないでぇ……っ！」

取り縋ろうとした身体は後ろから抱き締められた。

覚えのある温もりが、恐慌に陥りそうになる小夜子をぎりぎりの所で引き留めてくれる。

医師たちが慌ただしく蘇生措置を施すが、そこにはすでに諦めが見て取れた。

「私……っ、独りになってしまう……！　そうしたら、いったい何のために……っ！」

「小夜子さん……っ」

逞しい腕の中、身を捩って逃れようとしても、拘束は暴れるほどに強くなる。

「誰もいなくなってしまう！　私を愛してくれるのは……誰もっ……！」

「……俺がいます」

耳に直接注ぎ込まれる声は震えていた。けれどはっきりと響く。

「俺が、傍にいます。ずっと……貴女が望まなくても、永遠に」

「どう……して」

「……」

その問いに対する答えはもたらされず、ただ小夜子の首筋にかかる吐息だけが熱さを増す。触れた唇が、何かを発そうとするかのように、小さく開閉を繰り返していた。

「織江様！」

脈を測り、心音を確かめていた医師が静かに頭を振った。

「……残念ながら……」

「……っ！　いや……、嫌ああっ!!」

母を亡くした時は、まだ幼いからと病室からは遠ざけられていた。だから、眼の前で人の命が途切れる様を、小夜子は初めて経験した。

それも大切な者の旅立ちを受け止められる余裕のないままに。

「待って！　お願い、何とかしてくださいお医者様！　謝礼ならば、絶対に何とかいたします！　だから……だから……!!」

腰を上げる医師に追い縋り涙を散らす小夜子を、家令が痛ましげに見る。

「お祖母様……！　まだ早すぎるわ。どうしてもと仰るなら、どうか私も一緒に連れて……」

「それは駄目です。貴女はどこへもいかせない」

甲斐の言葉の意味を考える余裕もなく、小夜子は泣き叫んだ。

幼子のように涙を拭いもせず、声を嗄《か》らして嗚咽する。織江の遺体を整えるため、一度部屋の外へ連れ出されても、身体中の水分が抜け出てしまうのではないかと思うほどの時間、慟哭《どうこく》した。

小夜子がここまで感情を露わにするのは珍しく、生まれた時から知っている家令でさえ戸惑っていた。けれども主人の死を前に、やるべきことは山積みとなっている。

結果、到底放っておけない状態の小夜子は、甲斐に付き添われて別室で休むこととなった。

泣き疲れ、もはや声をあげる余力もない小夜子は、子供のごとく横抱きにされて胡座《あぐら》をかいた甲斐の腕の中に収まっている。

間もなく夜が開けるのか外は白み始めていたが、その間甲斐はずっと髪を撫で続け、あやすように時折小夜子の身体を揺すり、その温もりと振動が慰めを与えてくれた。

いつの間にか天候は回復に向かい、雨音は単調な拍子を刻んでいる。耳を通り過ぎるその音と甲斐の心音だけを小夜子は聞いていていた。

「……小夜子さん、喉は渇きませんか」

「……」

甲斐の声は届いてはいても応える気力が湧いてこず、小夜子は黙りこくったまま俯く。

「そんなに涙を流した後では、水分が足りなくなってしまいますよ。ほら、喉も痛いでしょう？」

意識は、髪を梳《す》く彼の指に集中してゆく。心地よい温度と感触だけを享受しながら息を吐いた。

以前、甲斐は伊織との約束があるから小夜子には触れられないという趣旨の発言をしていた。

だが今、それを破ってくれているのはどうしてなのか——考えようとしても、悲しみに鈍麻《どんま》した小夜子の頭は霞がかかってしまっている。

「小夜子さん、眠ってしまいましたか？」

起きてはいる。けれども、寝ていると思われているならば、それで構わない。

小夜子は四肢の力を抜いたまま頬を甲斐の胸へ預けていた。雨に濡れていた着物はいつの間にか着替えたらしく、いつもの彼の香りがしないのが寂しい。少しだけ深く息を吸い、肺と空っぽになってしまった心を満たす。

「……いいですよ。眠ってください。その方が、貴女のためだ」

きっと、こんな時でなければ甲斐は手放しの優しさを見せてはくれない。そう分かるからこそ、小夜子は目蓋を開く気にはなれなかった。

東雲の家に戻れば、辛い現実が待っている。だったら今、僅かな安らぎを求めて何が悪いのか。

――このまま帰りたくない。ずっとこのまま……でも――

「……ありがとうございます。取り乱してしまって申し訳ありませんでした。もう、大丈夫です。お祖母様の葬儀の手配をしなくては……」

一つ息を吐き、小夜子は毅然と背筋を伸ばした。培ってきた誇りが、蹲り何かに頼りきることを許さない。悲しみにくれているのは楽だけれど、そこへ逃げ込むには、小夜子の矜持《きょうじ》は高かった。

そっと甲斐の胸板を押し、頭を起こす。

「甲斐さんのお陰で少し落ち着きました」

「……小夜子さん、無理をしなくてもいいのですよ。貴女は充分……頑張りすぎている」

身を離したせいで、二人の間に冷たい空気が入り込む。失われた体温が恋しいけれど、溺れてしまうのは過ちだ。

甲斐の膝の上から退いて、小夜子は正座になった。

「何かしていた方が……気が晴れるのです。あの、伊織様へは――」

「俺から告げておきましょう。俺は一度、東雲に戻ります。小夜子さんはこちらに留まられたらいかがですか」

思わず甲斐にも残って欲しいと言いかけて、小夜子は続きを呑み込んだ。そんなことできるはずがないのに、何を望んでいるのか。我ながら冷静でなくなっている。

「そうですね。申し訳ありませんが、そうさせていただきます。――よろしくお願いいたします」

「……どうか、気を落とさないでください。……いや、それは無理ですよね。でも間違っても、後を追おうなどとは……」

言葉を濁《にご》す甲斐が何を言わんとしているかを悟り、小夜子は慌てて手を振った。

「そんなこと――」

まったく考えていないとは言いきれない。それどころか、先ほどまでは、本気でそんな思いが渦巻いていた。勢いが言わせたものだとしても、確かにあの瞬間の小夜子の天秤《てんびん》は死へと傾いていた。

「俺は……貴女が何事にも一所懸命なのが、心配です。小夜子さんはあの狂った理の中でさえ、正常で誠実すぎる」

「それは褒められているのですか？　それとも馬鹿にされているのでしょうか？」

「称賛しているのですよ。俺みたいな泥まみれの人間には、眩しくて堪らないんです」

淡い甲斐の笑みに釣られ小夜子も微笑んだ。ほんの少し手を伸ばせば、また熱を分け合える。逞しい胸に抱かれて、安堵に包まれていられる。だがそれは、砂上《さじょう》の楼閣《ろうかく》だ。

――これで、充分。この手を必要以上に求めてはいけない。欲をかけば、救いの糸は切れてしまう。

時折穏やかな時間を設けてもらえる。それで満足すればいい。祖母もいなくなってしまった今、小夜子が正気を保つ理由も消え失せた。これから先は流れに任せ腐ってゆくだけの人生かもしれない。その中で、噛み締められる幸福感があっただけ良しとしよう。

小夜子は区切りをつけるつもりで甲斐を正面から見つめた。

「そんなふうに私を見てらしたのね。でも、私はそんなに強くも高潔でもないわ。ただの……一人の女です」

打算や恨みつらみも持ち合わせている、脆くて狡い女だ。

「小夜子さんは昔から変わらず、純粋で真っ直ぐですよ。俺が今まで出会ったどんな人間よりも、透き通っている」

「……私、甲斐さんにお見合い以前にお会いしたことがありましたっけ……?」

さも、小夜子を昔から知っているような甲斐の口振りに首を傾げる。こんな立派な体躯の男は、小夜子が生きてきた上流階級にはそうそういない。見れば印象に残ると思う。

そう考えながら、じっと彼の瞳を覗き込むと、微かに刺激される記憶があった。

――支え合いながら逃げてゆく男たち。彼らが飛び出してきた路地を恐る恐る覗けば、傷を負って倒れ込む人影が見えた。誰か大人を呼ばなければと思ったが、近くには誰もいなかった。買い物に付き添ってくれた下男は、車を呼びに行っている。すぐ戻るから、絶対に店の前を動かないでくださいと言われていたけれど――

「……あ……」

身体が大きな人だったから、もっとずっと年上の大人だと思っていた。それに殴られたせいであちらこちら腫れて出血もしていたから、はっきり人相は分からなかったのだ。でもこうして間近で眼を合わせれば、変わらない強さを秘めた黒の瞳が視線を返してくる。

「……思い出していただけましたか」

「あの時の……」

「はい。あの節は親切にしてくださったにも拘らず、失礼な対応をして申し訳ありませんでした」

「そんな……！　怪我は大丈夫だったのですか？」

突然の記憶との邂逅《かいこう》に小夜子は驚き、的外れなことを聞いた。無事であったから今甲斐はここにいるのだし、彼の身体に傷跡や障害などが残っていないのは、自分が一番よく知っている。

「お陰様で。小夜子さんはあの頃からまるで変わっていない。いや……もっと綺麗になられた。世の中の大半のものをくだらないと斜《しゃ》に構えていた俺にとっては、眩しすぎて眼が眩みそうです」

「やめてください……そんな大層なものではありません。それより、仰っていただければ……」

「義理の姉弟となるだけのはずでした。しかも俺は妾の子供です。対等な立場でも何でもありません。過去に少しばかり言葉を交わしたことがあったとしても、何の意味もないどころか無用だと思ったのです。でも、予想外に関わりすぎてしまいました。小夜子さん、貴女を苦しめ続けたこと……本当に申し訳ない」

居住まいを正した甲斐は、深々と小夜子へ頭を下げた。突然の土下座に小夜子は狼狽し、彼の肩へ手をかける。

「そんなことやめてください！　甲斐さんだって望んでした訳では……」

「いいえ。俺は……内心喜んでいたんですよ」

「え……？」

引き攣れるような暗い笑みを浮かべ、頭を垂れたまま甲斐は小夜子を仰ぎ見た。その深い闇に取り込まれ、呼吸も忘れる。

「絶対に触れられることのなかったはずの貴女を、堂々と抱くことができる……他の男になど渡したくなかったのも本音です。ですが、それ以上に身体だけでも手に入れられるのかと思ったら……堪えきれなかった」

「……っ、」

「触れるべきじゃない。俺は父と同じで女を幸せになどできやしない。欲しいという衝動に突き動かされても、一過性の熱病のようなものに決まっていると思っていたんです。すぐに冷めて……飽きるに違いないと思っていたから、この想いは永遠に封印しておくつもりでした。なのに……眼の前に餌をぶら下げられた獣の気持ちが痛いほどよく分かりましたよ」

自嘲の笑みは痛々しい。すべて吐き出した甲斐は、畳に爪を立てる。

「兄があんな歪んだ欲望を持っていたなんて知りませんでした。漸く結婚する気になったのだから、落ち着くものだと楽観して安心さえしていたのです。これで、俺は小夜子さんに邪な想いをぶつけるような真似をしなくて済むと……俺から、守れるのだと。でも、所詮あの男と同じだ。兄も……俺も。形こそ違えど、欲望のままに相手を食い殺す」

「甲斐、さん」

「そして結局はこのざまです。俺は誘惑に負けて、貴女を傷つける側に回っただけ。理由を捏ねて、その身を貪る快楽に溺れ狂っただけです」

苦悩を示す皺が深く眉間に刻まれた。立て続けの告白で小夜子の頭は飽和状態となる。何と言葉を返せば良いのかも分からぬまま、甲斐の前で膝をついていた。

「許して欲しいとは言いません。何もかも、兄を止められなかったどころか、誘いに乗った俺が悪いのですから」

「それでも……甲斐さんはできうる範囲内で、私を守ってくださいました……」

「あんなもの……守るうちには入りませんよ。言ってみれば、貴女を取り上げられまいと足掻いていただけです。自分の都合にすぎません」

怒るべきか悲哀に暮れるべきなのか思い悩みながら、小夜子は甲斐の肩に置いていた手をその頬へ滑らせた。僅かに伸びた髭の感触が指先を擽る。

「でも、私は救われたのです……混じり気のない善意でなければ受け入れないなどと言うつもりもありません。仮に善意の塊から出た行為であったとしても、受けた側がそう受け取らなければ無意味じゃありませんか。私が嬉しいと思った……それで、充分ではありませんか？」

「貴女は人が好すぎます。そんなだから、こんな男に付け込まれる」

眉を下げた甲斐の姿が妙に愛らしくて、小夜子は微笑んだ。

「ご自分のことを、ひどい言いようだわ」

「ああ……やっと笑顔になられた。小夜子さんにはその方が似合う。子供の頃、泣かせてしまったのをずっと後悔していたのです。本当は、あの時からずっと、笑った顔が見たかった」

「どうして……そこまで……」

たった一度出会っただけの、知り合いとも呼べない間柄だ。それなのに甲斐の言い方では、まるで小夜子が大切な相手のように感じられる。唯一無二の愛しい女を見るかのような瞳で語られるのは、本当に自分の話なのか不安になってしまう。

「分不相応にも、俺は貴女に懸想《けそう》しているのですよ。たぶん、初めて会った時から、ずっと」

「……っ!!」

触れていた頬から反射的に浮かせてしまった小夜子の手の平へ、甲斐は名残惜しそうに視線を向けた。そして悲しげに睫毛を伏せる。

「おかしなことを申し上げてすみません。少し……調子に乗りすぎました。貴女にとって俺は自分を穢す憎いだけの相手でしかないのに、あまりにも優しい言葉をかけてくださるから、そんな権利もない癖に……今後はもう触れないとはお約束できませんけれど、何とか兄を説得してみます。僅かでも小夜子さんが心穏やかに暮らせるように、色々と手は打って……」

「待って、待ってください……。甲斐さんは、その……私を……？」

確かに耳には届いたけれど、とても信じられなくて小夜子は息を呑む。きれぎれの言葉を吐き出すのが精一杯だが、甲斐にはそれだけで充分意味が通じたらしい。

「身のほど知らずは分かっています。けれど羽を持たない蜘蛛は、空を舞う美しい蝶に焦がれずにはいられないのですよ」

一言一言、区切るように発せられた音を、ゆっくり噛み締め呑み下す。やがて腹の底から温かな喜びが湧き上がるのに時間はかからなかった。

「嘘……だって、甲斐さんは……」

本心では、そうであったならどんなによかったかと願っていた。形はどうあれ、想い合う相手に抱かれているのだという幻想に浸り、辛い現実をごまかしたかった。それが今、現実のものになろうとしている。

「今更こんなことを言っても何の意味もありませんが、愛してしまったからこそ、小夜子さんを苦しめると分かっていても、手を出さずにはいられなかったのです」

「意味ならあります……！　私には、大きな意味が……!!」

たった一言で世界は変わる。暗闇だけの地獄でも、心の支えがあるかないかですべては裏返る。

「小夜子さん……?」

「だって私……貴方を――」

「遅くなってすまなかったね、小夜子」

その時、すらりと開かれた襖の隙間から、眼だけが笑っていない伊織の美しい顔が覗いた。

九章　恋情

織江の葬儀は厳かに執り行われた。雪野原の名に相応しく、盛大に荘厳に。かつての栄華を取り戻したかのような佇まいに、弔問《ちょうもん》に訪れた者は感嘆の溜め息をつき、そして東雲家の財力と権勢を目の当たりにした。

「疲れただろう、小夜子。先に休んでもいいんだよ」

「いいえ、私は大丈夫です。喪主はお父様が務められましたし、伊織様がすべて手配してくださいましたから……私は、何も」

嫁ぐ際に祖母が誂えてくれた白い喪服に身を包んだ小夜子は、正座のまま俯いていた。思えば、これが形見となってしまった。

慌ただしくも、特に役割を求められていないせいで、自分が置物になった気がする。この数日間は、現実感が薄れるほどに怒涛《どとう》の日々で、正直あまりよく覚えていない。

そして、甲斐とも伊織ともゆっくり話す時間は得られなかった。

織江が身罷《みまか》った日、夜が明けてすぐに雪野原家にやってきた伊織は、凍り付く小夜子をよそに労わりの言葉をかけた。

「大変だったね。傍にいてあげられなくて済まなかった。でももう大丈夫だよ、後は僕に任せてくれて。甲斐も、小夜子に付き添ってくれてありがとう」

そんな台詞であったと思う。初めて出会った日のように穏やかで優しげな口調はこちらの毒気を抜くものだった。小夜子が知る限り、伊織が甲斐へ謝意を述べるのを聞くのも初めてで、申し訳ないが耳を疑ったほどだ。

――聞かれて、いなかった……？

ほっと安堵しかかって甲斐を見やれば、奇妙に硬い表情をし、何かを探るような視線が兄弟の間を行き来している。

漲《みなぎ》る緊張感に、小夜子は力の抜けかけた背筋をもう一度正したが、ついさっき口から溢れそうになっていた言葉の先を思い出して震えを堪えきれなかった。

――私は、今……何を――

甲斐に想いを告げられ舞い上がり、人妻としては有り得ない答えを返そうとしていた。それも、雰囲気に流されたのでは決してない。それこそが本心からの狂おしい願いだ。

何度も、何度も『夫』が甲斐であったならいいと思っていた。そうであれば、何の憂《うれ》えもなく身を任せ幸福に浸っていられる。

だが、それは考えるだけでも罪深いふしだらすぎるもの。一生隠して、狡く強《したた》かに押し殺しながらも、胸の中で守ってゆくつもりだった感情。

それなのに、込み上げる愛しさを堪えきれなかった。自分も貴方に焦がれているのだと、どうしても甲斐に知って欲しくなってしまった。

万が一、これが伊織に知られれば無事では済まない。誰よりも――甲斐が。

「……いえ、勝手な真似をして申し訳ありませんでした」

「とんでもない。もし僕と連絡が取れたとしても、同じ指示を出したさ」

頭を下げる甲斐へ鷹揚《おうよう》な態度で応えた伊織は、室内へ足を踏み入れた。急激に重くなる空気が、小夜子の身体を強張らせる。

伊織は小夜子の前で立ち止まり、腰を落とし、口角を上げた。

同じ高さになった目線を絡め取られ、心臓が大きく跳ねる。小夜子は伊織の日本人離れした薄い虹彩《こうさい》を見つめ、内心の動揺を押し隠しつつ次の言葉を待った。

――もし……もしも、私と甲斐さんの会話が聞かれていたならば――せめて甲斐さんを守りたい。私はどうなっても……彼だけは……

甲斐にはまだ大切なものが残っている。祖母を亡くした小夜子にも父親はいるが、甲斐の母を想う気持ちと天秤にかければ軽いと言えた。

織江の死に目にさえ背を向けた父親に対する小夜子の評価は著しく下がり、冷えた諦念が漂っている。何か一つしか選べないのであれば、迷うことなく甲斐の立場を選ぶ。

「僕が来たからには、何の心配もない。二人とも安心して構わないよ」

小夜子はどこまで伊織の耳に入ったのかを確かめることもできず、気まずく視線を泳がせた。急に喉の渇きを自覚して、喘ぐように息を吸う。

「小夜子の大切なお祖母様だ。僕にとっても家族だからね。心を込めて送り出して差し上げないと」

自分の生家であるというのに、小夜子は何故か居心地が悪く、まるで伊織が屋敷の主人であるかのように感じていた。そしてなし崩し的にその場は解散となり――納骨が終わる今日この日を迎えることとなったのだ。

線香の匂いがどこからともなく漂い、ひと気の失せた屋敷内はいつも以上にもの悲しい静寂に沈んでいる。

「小夜子、お前最近ほとんど食べていないだろう。今日も箸をつけてはいなかったね」

「あの、食欲がなくて……」

甲斐とのことだけでなく、織江の死を思えば何も喉を通らない。水さえ人に言われて漸く口をつける有様だ。そのせいで、この数日の間に小夜子はすっかりやつれ果てていた。

「顔色が悪い。夜も眠れていないのかい？」

「はい……」

「そうか、可哀想に」

痛ましげに眉根を寄せる伊織を見て、小夜子は申し訳なさでいっぱいになった。

こうしていれば、彼は優しい夫だ。その彼を、自分は裏切ってしまった。もちろん、最初にそれを強制したのは彼自身で、お互い様とも言えるかもしれない。伊織とて、別に女を囲っている。

心と身体、そのどちらで裏切ることがより罪深いのだろう。

――私はどうすればいいの。

甲斐を守る。そのためにならば、この先の人生すべてを捧げてもいい。もし、伊織が報復として甲斐以外の男を用意するというのならば、それでも――

描く未来の禍々しさに、足が竦んだ。真っ暗なそれは、地獄だと思った場所さえ極楽に思える。だが我が身を嘆くよりも、強い願いが小夜子を奮い立たせていた。

「……伊織様、お話があります」

もしかしたら知らぬ存ぜぬで押し通すのも可能かもしれない。

けれど、小夜子はそれを良しとはしなかった。伊織がそこまで甘いとも思えないし、何より自分が許せない。どれほどこの身が穢されたとしても、魂までは腐らせたくはない。

祖母を喪い、生きる意味はなくなったと小夜子は思った。

けれども、まだ自分には残っている。彼を守るのだと思うと、今暫く正気を保てそうな気がする。いや、保たねばならない。

――真摯にお願いして、それで駄目なら……

「何だい？　重要な話かい？　それなら、ゆっくり話そうか」

そう言いつつ伊織は部屋の中央で羽織を脱いだ。小夜子は素早くそれを受け取り畳む。

柔らかな笑みを崩さない伊織と向き合って座り直し、小夜子は深く息を吸い込んだ。

「……はい。あの、私……」

「逃がさないよ、小夜子」

最後まで発しきる前に断ち切られた台詞は、そのまま口の中で凍り付いた。驚愕に眼を見開けば、艶然と微笑む伊織が優雅に腰をおろしている。

「お前を手放したりしない。小夜子はずっと、僕の玩具だ。自由など、夢見るだけ無駄だと知りなさい」

「あ……」

「まったく、お前は浅はかで可愛いね。考えてることが丸わかりだよ。女は男の下で素直に股を開いていれば、充分役目を果たせるだろう？ 所詮は箱入り娘、何もできやしないのだから、僕の望むまま美しく笑っているだけでいい。そうすれば可愛がってあげるよ。一生ね」

伸ばされる手のおどろおどろしさに小夜子は竦み上がって身を引いた。それが面白かったのか、伊織は高らかに嗤う。

「ひどいな！ 僕はお前の夫だよ？」

「伊織様……」

「ふふふ……ありもしない夢に遊ぶのは楽しかったかい？ 馬鹿だなぁ。現実的に考えて、無理だと何故分からない？ もしかして甲斐と逃避行でもするつもりだったの？ そんなことできるはずがないだろう！　生活力も財力もないお前たちが生きていけるほど、世の中は甘くないんだよ」

具体的にどうこうするなど、小夜子の頭の中には描かれていなかった。

それを甘いと断じることもできるが、常識の中で清く正しく生きてきた小夜子にとっては、夫である伊織に逆らうという選択肢も想像したことはなかったのだ。甲斐を想う気持ちはそれとして、それでも婚姻という事実に従うことに疑問を抱けなかった。

だから願うのは、自分の自由などではなく、甲斐のこと――ただそれだけのつもりだった。

「私は……」

「ああ、いい顔だ……ぞくぞくするよ。その絶望に染まった表情！　堪らなく興奮する」

ぐっと膝を進めた伊織に慄き、小夜子は仰け反るように後退《あとずさ》った。それを追いかけ乗り出す彼に追い詰められ、少しずつ後ろに下がれば、やがて背中に壁の感触を感じた。

「……っ」

「何を怖がっているんだい？　まさか僕に殺されるとでも思っているの？　まさか！　そんなことするわけがない！　小夜子は僕の妻だ。一生大事に飼ってあげる。でも……そうだな、躾のなっていない駄犬は処分するしかないよね」

「駄犬……？」

それが甲斐を指すのだというのは、皮肉にもすぐに分かった。仮にも弟にという憤りが小夜子の中に生まれるが、狂気じみた眼前の瞳に呑み込まれてしまう。

「僕のものを欲しがるなんて、本当に碌でもない。やっぱり生まれ持った下品さというのは隠しようもないということか。まったく忌々しい。飼い犬に手を噛まれるとは、まさにこのことだな」

「待って……待ってください……っ、甲斐さんは私に同情してくださっただけです。あの人は、伊織様を裏切ったわけでは……！」

「僕の思い通りにならないなら、あんな能なし要らないよ」

冷たく吐き捨てられ、小夜子は震え出した。かちかちと奥歯が鳴り、指先まで冷えてゆく。

「元々甲斐など僕には必要なかったんだ。それを父さんの遺言だから仕方なく……でも、当主の妻に手を出すようじゃ、斬《き》り捨てられても文句は言えないと思わないかい？」

「そ……んな、元はと言えば伊織様が……っ」

「おや、僕に逆らうの？　ずいぶんあれに毒されてしまったのかな。初めはあんなに従順なお人形さんだったのに」

細く長い伊織の指が小夜子の唇に触れ輪郭を描いた。その瞬間、感電したかのように背筋が跳ねる。

「甲斐はこの家から追い出すだけじゃぁ足りないなぁ。ねぇ、小夜子はどうしたらいいと思う？　見せしめとしてあれの母親にも償ってもらおうか？　それともどこでも働けないように裏から手を回してしまおうか？　東雲にはそれくらいの力はあるよ」

結い上げてあった小夜子の黒髪を解いて弄びつつ、伊織は更に顔を近づけ耳元で囁いた。彼の生温かい呼気が小夜子の肌を粟立たせる。

裏から手を回す、というのは単純に働き口を潰すという意味だけではない。裏に込められた暴力の臭いを嗅ぎ取って、小夜子は青褪め呻いた。

「やめて……お願いします。ひどいことなどしないでください……！」

「飼い犬に罰を与えるのは、飼い主の大切な仕事だよ？」

「甲斐さんは犬なんかじゃありません！」

再び小夜子の唇を嬲ってきた手を、勢いよく振り払う。ぱしん、と乾いた音と共に、小夜子の手の甲にも熱い痺れが走った。

反動で散らばる黒髪の隙間から小夜子は伊織を睨み据えた。

「私はどうなっても構いません。でも、どうか甲斐さんは……っ！　あの方は東雲の家に欠かせない人なのではないですか？　そんな恐ろしいことを簡単に仰らないでください！」

激情のまま摑みかからんばかりの勢いで、小夜子は壁際から身を起こした。迫る伊織の胸へ取り縋り、懇願する。

「お願いします。悪いのは私です。甲斐さんの優しさにつけ込んで、あの人を惑わせたにすぎません。だから……っ、」

「――煩い」

「え……？」

普段快活な伊織の声とは思えぬ陰鬱な声音が、眼前の男から漏れた。小夜子は耳を疑い、長い前髪に隠された伊織の顔を覗き込む。軽く伏せられたせいで彼の表情は窺えず、形の良い薄い唇だけが微かに震えているのが見えた。

「伊織様――」

「煩い煩い煩いっ!! 皆で甲斐、甲斐と――ふざけるな！ 東雲家の当主は僕だ！ お前の夫も僕なんだよ！ 甲斐になど何の権限も地位もない。僕のお情けで存在を許されているにすぎない、言わばおまけなんだ。なのに、何故どいつもこいつもあれを気にする!?」

突然爆発した伊織は、小夜子の両側に自身の腕を叩きつけた。壁と伊織に挟まれる形となった小夜子は、彼の形相に息を呑む。血走った男の眼がぎらぎらと憎しみを宿していた。

「池之端様もお前も……僕を蔑《ないがし》ろにして馬鹿にしているのか!?」

「そんなつもりは……っ」

「煩い！ 口答えするな!!」

刹那、小夜子の頬に熱い痛みが走った。伊織に殴られたのだと気づくには、僅かに時間が必要だった。

「え……」

これまで、暴力を振るわれたことなど小夜子には一度もない。そのせいで、現実が受け止めきれずに呆然としてしまう。叩かれた時に軽く脳震盪《のうしんとう》を起こしたのか、視界がぐらぐら揺れていた。

「どうせ身分を鼻にかけ、僕を見下しているのだろう!?」

「そ、そんなこと……誤解です……!」

喋ると吐き気に襲われて、小夜子は手で口を押さえて顔を背けたが、それが伊織の逆鱗《げきりん》に触れてしまったらしい。形のよい眉をつり上げた彼は小夜子の髪を鷲摑みにし、顎を強引に上げさせた。

「痛っ……!」

そのまま引きずり倒され、腹の上にのし掛かられる。背中を強かに打ちつけたうえ、腹部への圧迫感は気分の悪さを助長した。

「何が誤解だ!?　この淫売が。僕は知っているんだぞ。お前は嫌がる振りをしながら、いつも喜んで腰を振っていたじゃないか！　それを今更清純ぶるんじゃないっ!!」

再び髪を摑まれて、無理やり持ち上げられた頭を畳に叩きつけられ、あまりの痛みに涙が滲んだ。しかも一度では終わらず、二度、三度と繰り返され、引き攣れた頭皮からはぷつぷつと髪の千切《ちぎ》れる音がする。

「い、伊織様……っ、やめてくださ……！」

自由になる両の手で、振るわれる暴力を防ごうとするが、上から加えられる男の力に非力な女が敵うはずもない。もはやこちらの声など聞こえないらしい伊織は益々興奮し、体重をかけながら小夜子の頭を畳に押し付けた。

「……ぁ、ぐっ」

みしみしと骨の軋む音がする。

男の爪が額に食い込んで意識が遠のいてゆく。閉じそうになる目蓋を押し上げて、狭まる視界に映るのは、歪んだ笑みを貼り付けた夫だった。

確かに、本人の弁の通り小夜子の命を奪うつもりはないのかもしれない。けれど、いたぶるための力を行使するのに躊躇いはないらしい。きっとそれは甲斐にも向かうだろう。おそらくは、もっとひどい方法で。

――このままじゃ……ああ、でも甲斐さん……っ……

「ぎゃっ」

苦しさから振り上げた小夜子の指が偶々伊織の眼を掠めた。驚いた彼は転がるように小夜子の上から飛び退き、左眼を押さえて蹲る。

「……はっ、ぅ……」

彼方こちら痛む身体を起こして、小夜子は伊織から距離を取った。未だ続く眩暈と吐き気が邪魔をして、とても部屋の外までは逃れられず、どうにか這いずって体勢を立て直す。

「い、痛いっ、くそっ、眼が痛いっ！」

「も、申し訳ありません……伊織様……」

そこまでするつもりはなかったけれど、もしも眼球に傷をつけていたら大変なことになってしまう。小夜子は落ち着くと同時に伊織が心配になり、様子を窺った。

「この……っ、お前のせいだぞ小夜子！」

顔を押さえた伊織の指の隙間から涙がこぼれ落ちていた。小夜子はいよいよ不安になり、少しだけ近づく。それが、間違いだった。

手首を摑まれたかと思った次の瞬間には、再び頰を殴られていた。口の中が切れたのか、鉄錆の味が広がる。だが、左手を持ち上げられているため倒れ伏すこともできない。祖母の残してくれた白い喪服には皺が寄り、小夜子の唇から垂れた血が染みとなり無様な模様を描いてしまった。

「……ぁ、あ」

「夫に手をあげるなんて、自分が何をしたのか分かっているのか!?」

かけがえのない大切な着物が汚れてしまい、堪らなく悲しい。吊り下げられるように立たされて頰の痛みが熱を持ち、じわりと滲む小夜子の視界に顔を真っ赤にして激怒する男がいた。

「す、すみません……わざとでは……」

「黙れ！」

怒り狂った男は子供のごとく喚き散らし、秀麗な顔は見る影もなく歪み鬼のようで、小夜子は恐怖から悲鳴を上げることさえも忘れてしまった。からからに渇いた口内で舌が貼り付き、掠れた音だけが喉の奥で鳴っている。

「ああ、まったく苛々する。小夜子、この償いは一生かけてしてもらうぞ。甲斐は無一文で追い出してやる。いや、それだけじゃ飽き足らないな。金さえ出せば人殺しだって何だってする輩はいくらでもいるんだ。そいつらに処分させるのも悪くない。それとも、死んだ方がましというほど痛めつけておいて、敢えて生かしてやるか？」

「……！　待って、お願いします甲斐さんだけは……！　私にできることは何でもしますから！」

「当たり前だ！　お前は死ぬまで僕に縛り付けてやる！　絶対に離縁はしない。小夜子は僕だけの言うことを聞いていればいいんだ！」

ある意味では伊織も小夜子に対して何某かの情を抱いてくれているのかもしれない。けれど纏わり付くような執着は、小夜子を雁字搦めにするだけだった。

「まったく、深窓の令嬢で何もできないと侮りすぎていたらしい。夫以外の男に色目を使う淫猥さを隠していたとはね。予想外だよ。それも甲斐から教えてもらったのか？」

「違います、そんなことは……そ、それに勝手すぎます……！　貴方にだって別に女性がいらっしゃるではないですか」

何とか話を逸らそうと、小夜子はミルクホールの女主人を思い浮かべながら叫んだ。これまで、一度たりとも伊織にその件を問い詰めたことはない。暗黙の了解として、沈黙を貫いてきた。

　金で買われた正妻としては、愛人の一人や二人で取り乱すなどしてはならないと、己を戒めてきたからだ。けれども傷つかなかったと言えば、嘘になる。

「くだらない。女と男では立場が違う。男にとっては甲斐性の一つだが、女は駄目だ。そんなことも分からないのか？　だいたい、小夜子とあの女とは愉しみ方が別なんだ。お前はもの慣れない感じが初々《ういうい》しくて面白いし、あちらは探究心が旺盛だ。言ってみれば、僕と同じ嗜好《しこう》をもって新しいことに挑戦できる同志だな」

「な……っ」

「もしかして小夜子は妬いているのか？　だったら心配することはない。愛人など正妻とは違っていくらでも替えがきくから、飽きたら捨てられるものだ。お前とは別物だよ」

　恥ずかしげもなく言い放つ伊織に、小夜子は呆然と眼を見開いた。あまりに身勝手な論理で、反論する気も消え失せる。そんな小夜子が黙ったことで気をよくしたのか、伊織は更に得意げな顔で続けた。

「まぁ、愛人をなくす気はないけれどね。お前にはまだ早い遊びもあるから、それを発散するには欠かせない存在なんだ。――ああ、そうだ。いずれは彼女を含めて楽しもうか？　きっと最高に興奮する」

「伊織様……っ、最低です……！」

　せめて隠してくれたならば、耐えられた。共感は無理でも、納得はできたはずだ。だがそんな淡い期待さえ打ち砕かれ、小夜子の中で何かが壊れた。これまで曲がりなりにも抑え込んでいた怒りが一気に吹き出し、それは暴力に晒されて萎縮してしまった心を奮い立たせる。

——こんな人から、甲斐さんを解放してあげたい……！

「何……!?」

「貴方のような人でなし、きっと地獄に堕ちます……！」

非力な自分では、何もできない。それならばせめて、伊織を煽ってより怒らせて、その怒りを自分一人に集中させてしまいたい。それで甲斐に向かうだろう暴力が僅かでも和ぐのならば本望だった。

伊織の顔が般若《はんにゃ》のごとく歪み、首まで真っ赤に染まる。怒髪天《どはってん》を衝《つ》く、というのはこんな光景かと小夜子は思った。

未来が閉ざされるのが分かる。辛うじて垂れていた蜘蛛の糸が音もなく消えてしまい、たった独り暗闇の中に取り残される。

——それでも、甲斐さんを守れるならば、構わない。最後にもう一度、触れて欲しかったけれど……

大きく振り上げられた男の手が自分へ迫るのを、妙に冷静なまま見つめていた。打たれる衝撃に備え歯を食いしばった時——閉じていたはずの襖が勢いよく開かれた。

「やめろ!!」

小夜子と伊織の間に強引に割って入った人影は、小夜子をその胸に庇い、伊織の打擲《ちょうちゃく》を

受け止めた。

「……!?」

霞んでいた小夜子の眼には、相手が身体の大きな男だとしか分からなかったが、吸い込む香りが答えを知らせてくれる。

懐かしくて、誰よりも安心する男性的な香り。伊織とは違う、逞しい胸板。

「甲斐……さん」

「女性への乱暴狼藉は、まともな男のすることではありませんよ」

すっぽりと包み込まれたせいで全身へ熱が巡る。柔らかな温もりは肌から浸透し、凍え固まっていた心にまで影響を及ぼした。

「な……!?　どういうつもりだ甲斐、お前を呼んだ覚えはない！」

「あれだけ騒げば気がつきますよ。……お前のしていることは、男としても人としても最低なことだ」

「お前だと……!?」

突然口調を変えた甲斐に伊織は僅かに怯んだ。これまで見せたことのない剝き出しの敵意を纏い対峙する二人を、小夜子も息を呑んで見つめていた。

「貴様、その口の利き方はどういうつもりだ！　僕は東雲の当主だぞ！　たかが妾の息子が、正統な後継者である僕に逆らうのか!?」

おそらく伊織にとっては、それこそが大切な誇りなのだろう。女の身である小夜子の眼から見ても、仕事において兄より弟の方が優秀に映る。だからこそ、池之端も伊織ではなく甲斐との会話を望んだのではないか、というのは容易に想像できた。伊織の不在時に重要な書類が甲斐へ回されるのも、その証明だ。つまり周囲の者は皆、薄々勘づいている。どちらがより、当主として相応しいかを――

それ故に伊織は更に苛立ち、甲斐を虐げる。そうすることでしか、己の優位性を示せないから。

――なんて、哀れな人。

不幸なのは、そんな空気を感じ取れないほど伊織が愚かではないことだ。しっかり分かるからこそ、殊更に自分の方が上だと知らしめるのだろう。

「残念だが、お前はもう東雲の当主ではない」

小夜子を胸に抱いたまま、平板な声で甲斐は言い放った。その台詞に伊織はもちろん、小夜子も唖然として眼を瞬かせる。

「何だと……？」

「よく考えてみろ。お前のここ最近の所業を。女と遊び呆けるばかりで、まともに仕事などしていなかっただろう。派手な遊び方だと、方々で噂になっていたのは知っていたか？」

「……なっ、僕が僕の金を自由に使って何が悪い！　それに、少しばかり僕がいなくたって、仕事に支障はないだろう！」

地団駄を踏まんばかりに癇癪《かんしゃく》を起こした伊織は、拳を振って叫んだ。それを冷ややかに見やった甲斐は、深い溜め息をつく。

「根本的に勘違いしている。別に東雲のすべてがお前のものではないし、自分が不在でも困らないということこそに危機感を抱くべきだ」

至極真っ当すぎる甲斐の主張は、しかし伊織には届かず、侮辱されたと受け取ったのか、今や顔だけではなく全身を朱に染めていた。

「う、煩い！　だから何だと言うんだ？　僕が長男で跡取りということに変わりはない！」

「……それが、一番の間違いだ。昨日の役員会議で、満場一致によりお前の更迭《こうてつ》が決定した。東雲の後継ぎとして、相応しくないと判断されたんだ」

「な……!?　馬鹿な……、だいたいいつの間にそんな……！」

「たびたび仕事を抜け出したり休んだりしていたから、いつ大切な会議があるのかも忘れていたのか？」

一気に蒼白になった伊織は、握り締めた拳をぶるぶると震わせた。無意味に口を開け閉めし、忙しく視線を泳がせる。

「それは、小夜子の祖母の葬儀があったから、仕方なく……っ」

「見え透いた言い訳を……そもそもお前はまともに出社していることの方が少なかっただろう。それなのに、小夜子さんのお祖母様を理由にするなんて卑怯だと思わないのか」

伊織を断罪しつつ、甲斐はその大きな身体で小夜子を包み込んでくれた。全身で守られる感覚に痛みさえも癒される気がして、小夜子は震える吐息を漏らす。

「お前が……っ！　お前だって何も言わなかったじゃないか！　いつもは煩いほどに口出しをしてくるのに、今回は……っ」

そこまで言って、伊織は愕然と眼を見張った。

「……わざと、か？　甲斐、僕を陥れたのか？」

「――そんな大層なものじゃない。ただ、お前の尻拭いをしなかっただけだ。というよりも、さすがに俺だって手が回らないこともある。ただでさえ何もしないお前に代わり仕事をこなし、織江様の葬儀の手配もした。どちらも手を抜くなどできないからな。特に葬儀は、雪野原家の名に相応しく送り出して差し上げたかった。とてもじゃないが、お前のお守《もり》をする余裕がなかっただけだ」

遠回しな肯定を口にした甲斐は小夜子を抱き締めたまま立ち上がった。逞しい胸板に寄りかかる安心感が、ことの成り行きを呆然と身守るしかなかった小夜子を勇気づけてくれる。

「甲斐さん……」

「大丈夫。俺が言うのもおかしいですが、必ず貴女を守ります。何をしてでも」

「ふざけるな！　僕以外いったい誰が東雲を継げるというんだ!?　他に相応しい者なんて……」

伊織は最後まで発することなく頬を引き攣らせた。それは、絶対に認めたくはない答えに辿り着いたからに他ならない。

「お前か……!? まさか、貴様……!!」

「お前が解任されるのと同時に、俺が家督を継ぐことに決まった。父の遺言では、家を継ぐ者に会社もすべて任せるということだったからな」

「……!」

息を呑んだのは小夜子と伊織、同時だった。皮肉にも夫婦になって以来、初めて揃って何かをしたかもしれない。

「だから、この家での暴虐も見逃せない」

甲斐に見下ろされる形となった伊織は、口を開けたまま惚けた面を晒していた。思考が追いつかず震えるさまは、あまりに卑小《ひしょう》でいっそ哀れでしかない。

けれども、小夜子に同情心は湧いてこなかった。

「本日、今より東雲の全権は俺に移った。この家の当主はお前ではなく、俺になる。

――連れていけ」

甲斐の言葉が終わるや否や、二人の男が室内に入ってきた。そして脱力した伊織を拘束し、引きずるように外へと連れ去る。

「……放せ! この無礼者!!」

最後の足掻きとばかりに伊織が暴れたが、やすやすと押さえ込まれてしまった。そして歯軋《ぎし》りをしながら甲斐を睨め付ける。

「……上手くやったとでも思っているんだろう。だが、一つ忘れているぞ。小夜子は僕の妻だ。離縁はしない。お前たちが堂々と日の下を歩ける日は永遠にこない！　せいぜい歯噛みしながら、好きな女が嬲られるのを眺めているがいい！」

喉を晒して嗤い続ける伊織は、狂気に冒されて見えた。遠退いてゆく喚き声を聞きながら、小夜子は全身の血が凍り、背筋の震えが止まらなくなる。それを察した甲斐は、優しく背中を撫でてくれた。

「伊織様……」

「あの男の名前など、呼ばないでください」

顎に手を添えられ、上向かされた瞳が絡め取られた。強い光を孕んだ漆黒がこちらを見下ろしている。

「小夜子さん、傷を見せてください。ああ……血が滲んでいる。すいません、俺がもっと早く助けに入れれば……」

「いいえ……助けてくださり、ありがとうございます」

伊織が連れ去られてからも、二人は寄り添ったままだった。互いの鼓動を聞きながら、その熱と吐息を交換し合う。暫く小夜子の唇を撫でていた甲斐は、緩慢な動きで身体を離した。

「すいません……俺になど、触れられたくはありませんよね。これで、最後にしますから」

苦しげに歪んだ彼の顔には切ない色が揺れていた。

小夜子は離れてゆく指に寂しさを覚え、視界の隅で追い続ける。

「嫌、ではありません……」

「え？」

「確かに、最初は辛かった……でも、今は――」

失われる腕の圧迫感が惜しい。

もっと力強く抱き締めて欲しい。

息も、できないほどに。

小夜子は甲斐の惑う手に恐る恐る指先で触れる。一瞬強張ったそれは、僅かに震えながらも逃げずにじっとしていた。だからこそ、小夜子は掻き集めた勇気で彼の手に己のものを重ねた。

思えば、自分は嘆き耐えるばかりで自ら行動したことはなかった気がする。

流されるまま、仕方ないと言い訳して生きてきた。それが正しく唯一の道なのだと信じて。家を――家族を守るためには自分を含めた何を犠牲にしても構わないと思っていたから。

けれどもう、その対象もなくなってしまった。祖母を喪って二度と立ち上がれないのではないかとも危惧した。だが、まだこの身は生きている。

――甲斐さんがいてくれるなら、きっと頑張ることができる……

別に男女の関係になりたいなどという大それた望みは抱いていなかった。

伊織が東雲の家で失脚したとはいえ、彼が言うように自分が彼の妻であるという事実に変わりはない。きっとこの先、小夜子と甲斐の二人は、ただの義姉弟としてあるべき姿に戻るのだろう。

──それでも、甲斐さんが生きていてくれるなら、それでいい。

たとえ、彼が別の誰かと幸せになっても。二度と会えなくても。小夜子を好きだと言ってくれた思い出だけで、この先の長い人生を生きてゆける気がした。これからどれだけ残酷な仕打ちを伊織から受けたとしても、甲斐を守れるならば、満足だ。

「ありがとうございます……」

これが最後になるかもしれないと思えば離れがたく、罪深いと知りながらも、触れた肌の温もりを切り離せなかった。

──全部、覚えておこう。そして次からはもう……

「甲斐さんの気持ち、私とても嬉しかったです。でも、どうかこれからは別の誰かに、それを傾けてあげてください」

「え？」

解放してあげたいと思った。自分と同じで囚われていた彼を、自由な空に解き放ってやりたい。爛れた関係を清算し、伊織の呪縛から逃れるのは今しかない。

小夜子はおそらくここから抜け出せないだろう。それほどに婚姻の持つ意味は重く、万が一離縁できたとして、元夫の弟と関係を結ぶなど周囲が許すはずもない。

――私たちが一緒にいられる未来はない。

だったら、最後くらい毅然として自分で選び取りたい。胸を張って前を向いて。愛しい男のために。

「貴方の幸せを祈っています」

「小夜子さん」

離れた身体は急速に冷えてゆく。心細くて折れそうになるのを叱咤して、小夜子は甲斐と拳一つ分の距離を取った。

そして背伸びをして自ら口づける。

「……！」

接吻《せっぷん》の仕方など小夜子は知らないから、それはぎこちないものでしかなかった。けれど、一所懸命想いを込める。初めて意識的に合わせた唇はとても甘く、僅かに乾いた感触さえ胸を疼かせる。

生涯一度きりの焦がれる男との口づけと思えば、大胆にならざるを得ない。

小夜子は甲斐の首へと腕を回し、貪るように角度を変えて何度も唇を押し付けた。技巧も何もないがむしゃらなそれは、誘惑というよりも切実な願いに似ていた。

「は……」

息継ぎの仕方も分からず苦しくなって離れた瞬間、小夜子は甲斐の腕に閉じ込められていた。

「……!?」

「貴女はひどい人だ……こんな思わせ振りな真似をしておいて、俺を捨てるのか?」

「違……っ!」

そんなつもりはないという言葉は甲斐に呑まれてしまった。

「ん……っ」

文字通り喰いつかれるような荒々しい口づけで呼吸も奪われる。拙《つたな》い小夜子のものとは違い、甲斐は最初から舌を絡めてきた。蹂躙するような激しさで歯列も上顎もすべて貪られ、混じり合う。

「……ッ、」

伊織に殴られた際口の中を切っていたため、小夜子は痛みに呻いた。気づいた甲斐は慌てて唇を離す。

「すいません……大丈夫ですか?」

「平気です。ですから、あの……」

続きを強請る視線を向ければ、熱い眼差しがじっと見下ろしてきた。それだけで、息が乱れるほどに興奮が高まってしまう。

「……舌を出してください」

「ぁ……」

従ってしまう己の淫猥さも、満たされる満足感と幸福の前に押し流されて消えてゆく。

せっかく固めた決意さえ、淡雪《あわゆき》のごとく溶けてしまった。

合わせた唇から漏れ聞こえるのは、淫らな水音と乱れた呼吸。

酸欠になりそうなほど苦しくても、顔を真っ赤に染めながら相手の唇を追い求める。

「好きです。どうか、小夜子さんの本心を聞かせて欲しい。俺が憎いのならば、正直に言ってくれ。それなら諦めきれる。今ならまだ……」

そう言いながらも、甲斐の腕は小夜子を逃がすまいと拘束していた。

腰がしなるほどの力で抱かれ、身じろぎすらできない。ぴったりと密着した互いの胸からは飛び出さんばかりの勢いで鼓動が鳴り響き、火傷しそうなほどに熱い手は、小刻みに震えていた。

「小夜子さん……」

答えはもう決まっている。甲斐が望む通りの返事を、小夜子もしたいと望んでいた。

だが常識や倫理に雁字搦《がんじがら》めにされた理性は、それを簡単には許してくれない。応えてしまえば、甲斐を自身と同じ地獄に引きずり堕とすことになるのではないか。

不貞という名の罪。そして雪野原家への援助をも背負わせてしまう。

「私……」

「頼む。小夜子さんが受け入れてくれるのならば、何を犠牲にしても俺が貴女を守る。どうか信じて、すべて任せてくれないか」

焦燥の滲む瞳が苦しげに細められ、小夜子を全身全霊で求めている。それが伝わるからこそ、無理に振り払うことは難しい。

頭では離れなければと理解していても、未練がましい身体は甲斐の温もりを欲していた。

「でも、そんなこと……」

「肯定か否定か。それだけでいい。後は俺が何とかします」

力強く頷かれ、小夜子の眥はついに決壊した。辛うじて堪えていた涙が、堰《せき》を失って溢れ出す。

「……本当に？　……私、ずっと……こんな時を夢見ていました……甲斐さんを、愛してしまったから……」

見開かれた甲斐の瞳がこぼれんばかりの喜びをたたえて、細められる。

罪の告白と共に流れた雫は、甲斐が優しく吸い取った。

そして再び唇が重ねられる。これまで頑なに触れなかった分まで、飽きることなく何度でも。

ようやく得られた愛情に満ちた口づけはどこまでも甘く、小夜子を酔わせた。眩暈がするほどの幸福感に浸り、僅かな隙間も埋めたくて密着する。身体はしっかりと甲斐に抱き締められているのに、心は解放感でいっぱいだった。

「ぁ……何故、今までは決して接吻してくださらなかったのですか？」

「我慢していました……小夜子さんにとって俺はその身を穢す憎い男だろうから、必要以上に触れられたくないだろうと思って……せめて、唇くらいは奪わずにいてやりたいと。

──いや、一度口づけの甘さを知ってしまえば、俺が止まれなくなると知っていたからだ」

　吐息が絡まり合う近さで顔を寄せ、小夜子の鼓動は速まってゆく。

「では、私が倒れたときにお茶を飲ませてくださったのは……」

「あれは……すみません。思わず目的も忘れて、小夜子さんの唇の甘さを貪ってしまいました。……それよりも、あの時のことを覚えていらっしゃるのですか!?」

　小夜子が頷けば、甲斐は愕然とした様子で眼を見張った。そして、「情けない」と吐き捨てる。

「本当に申し訳ない。俺は、こんなふうに、簡単に誘惑に負けてしまう男なんですよ。貴女に関することだけ」

　自嘲に翳った甲斐の頬に手を添えて、小夜子は幸せに酔いしれる。こんなにも大切に想ってくれていたことが嬉しい。

　未来は相変わらず混沌としているが、今この時だけは甲斐は小夜子のもので、小夜子も甲斐だけのものだった。

「お慕いしています。甲斐さん……」

「小夜子さん……その言葉を聞けただけで、俺はどんなことでもできます。貴女のためになら……」

　僅かな隙間ももどかしく、固く抱き合った二人は飽きることなく口づけを交わし合った。

謹慎《きんしん》させられていた伊織が、軟禁状態にあった部屋から逃げ出したのは、それから数日後のことだった。

十章　蜘蛛

小夜子にとって二度目の結婚式は、前回と比べて非常に質素なものとなった。

醜聞《しゅうぶん》を撥《は》ね除けるために、周囲は豪華な宴を望んだが、当の本人たちの希望なのだから仕方ない。近しい親族だけを集め、盃を交わしたのみで済ませられたため、肩透かしを喰らった感が人々にはあったかもしれない。

一方、東雲家における突然の当主交代は、大した混乱もなく粛々《しゅくしゅく》と進められた。

元々実務の大半を担っていたのが兄の伊織ではなく、弟の甲斐だったのが大きい。大抵の者がこの交代劇を歓迎と共に受け入れ従った。

だが失脚し、謹慎扱いとなっていた伊織が行方不明になったというのは、口さがない者にとって格好の噂の種になっている。

曰《いわ》く、どこぞで復讐の準備をしているのではないかというものから、落ちぶれて色町で見かけたというものまで多岐にわたる。また、あわよくば甘い汁を吸おうと目論む輩にとっては、何とか利用できないものかと眼を輝かせるネタになったのは確かだ。

東雲家としても、禍根《かこん》を残さぬために伊織の行方を探したが、ようとして知れないまま月日は過ぎた。

そうして一年。小夜子の祖母、織江の喪が明けた。

本当に、その間何の手がかりもなく、伊織は消えてしまった。それ故、すでに儚くなっているのでは、と囁く声もあるけれど、真相は闇の中に霞んでいる。

小夜子は離縁を勧められることもなく、東雲の家に残っていた。

他者にとって重要なのは、小夜子が『伊織の』妻なのではなく『当主の』妻であるという事実だ。

つまり、その地位にある男に雪野原の血を引く小夜子が嫁いでいるということにこそ意味がある。それは突き詰めれば誰であっても構わないということだった。

「世間では、連れ合いを亡くした女性を夫の兄弟が娶るなどよくある話です」

そう東雲の家の者たちに告げられた時、小夜子は唖然としてしまった。確か祖母の葬儀から半年も過ぎてはいなかった頃だと思う。

もちろんそういう話は聞いたことがあるが、死別して子供を抱え生活の目処が立たない等、止むを得ない事情がある場合だ。伊織は現在行方不明ではあるけれど、戻る可能性がある。しかも、彼が消えてまだ日は浅い。到底そんな話が出る時期ではなかった。

「あの……いくら何でも、それは」

「正直申し上げて、このままでは外聞が悪いのです。東雲家が一枚岩であるのを印象付けるためにも、小夜子様は当主の妻であっていただきたい」

それは紛れもなく、甲斐との婚姻を指し示す。降って湧いた提案に小夜子は言葉を失った。

「……小夜子さん、突然こんなことを言われて混乱しているかもしれませんが、どうか考えてみていただけませんか」

甲斐は静かに小夜子を見ていた。

伊織と甲斐の立場が逆転して以来、二人はただの義理の姉弟として過ごしている。慎み深く距離を保ち、決して必要以上の接触はしていない。

それはいっそ禁欲的な試練のようでもあった。小夜子は不安に駆られる時も少なくなかったが、甲斐の言葉を信じて待ち続けていた。

それが、最低限のけじめだとも思っていたから。

「もしも、伊織様がお戻りになったら――」

「その時は、俺が説得してみせますよ。そもそも逃げ出す方が悪いのです。小夜子さんはまさかこの先の一生を、兄を待って過ごすとは仰いませんよね？」

そう言われてしまえば、そこまでの覚悟などない。本心はいつだって甲斐の手を取ってしまいたかった。

それでも、伊織は一度は縁あって夫婦となった相手だ。色々ひどい思い出はあっても、まったくの無関心でなどいられない。どうしているのか気にならないと言いきることはできなかった。

「でも、私は……」

「俺を選んでください。小夜子さん」

「選ぶ……？」

この件において、自分にそんな権利があるとは思ってもみなかった。だから、甲斐の言葉は小夜子にとって衝撃的だった。

「そうです。小夜子さんが決めてください。俺は貴女に強制など、もうしたくない。嫌なら嫌と言って欲しいし、何か望みがあるなら叶えてやりたい。それが、貴女を傷つけ続けた俺の罪滅ぼしですから」

甲斐の真摯な態度は、小夜子の胸を打った。

伊織とは交わせなかった、互いを尊重するやり取りが嬉しく、涙ぐみながら甲斐の誠実さに感謝する。小夜子の身体に触れようとしなかったこの半年間で、彼は充分すぎるほどに真心を示してくれたように思う。

「……私、甲斐さんへ嫁ぎたいと思います。貴方の妻にしていただけますか？」

「ええ……！　もちろん。こちらこそお願いします」

人目がなければ、抱き合っていたかもしれない。

卓子の下で絡め合わせた指は、固く繋がれていた。

そして今日の佳《よ》き日に、甲斐と小夜子は正式な夫婦となり、質素とも言える祝言をあげたのだ。

すべてが終わった今、薄暗い部屋には二人きりで簡素な寝間着姿で座っている。

「小夜子さんの花嫁衣装を見たのは二度目ですが、今回の方が比べようもなく美しかったです」

小夜子自身は白無垢をもう一度纏うことに違和感があったが、甲斐の強い希望で再び着ることになった。手放しの賛辞は妙に擽ったく、同時に昔を思い出させる彼は意地が悪いように思う。

「比べたり、しないでください」

「ああ……すいません。貴女がやっと俺のものになったのだと実感したくて、つい。怒らないでください、小夜子さん」

別に怒ったのではないけれど、少なくとも愉快ではなかった。拗《す》ねた小夜子が横を向くと、慌てた甲斐が髪に触れる。

「俺は口下手で、上手く言えないけれど……その、とても綺麗で……似合っていました。全部、俺のものになったのだと、少し浮かれてしまいました」

「……本当ですか？」

同じ賞賛でも、人形のようだと言った伊織とはまったく別の意味に思えた。少なくとも、小夜子を一人の人間として扱ってくれているのを感じる。嬉しくなった小夜子は、甲斐へ向き直った。

「偽りなど述べません。俺は貴女以上の女など、見たこともない」

「大袈裟です」

甲斐の大仰なもの言いがおかしくて、保っていたはずの仏頂面は簡単に崩れてしまった。堪えきれずに笑う小夜子を甲斐は壊れものを扱うように抱き寄せる。

「小夜子さん、これをずっとお返ししなければと思っていました」

そっと差し出されたものは、一部が赤茶に染まった、古びたレエスのハンカチーフだった。今の小夜子が使うには少し子供っぽい。

「これは……」

「貴女のものです。あの後何度も洗ってはみましたが、これ以上血を落とすことはできませんでした」

僅かにほつれは見られたが、大切に保管されていたのだろう。糊《のり》がかけられ光沢を保っている。

「返さねば、とは再会して以来思っていました。でも、手放したくないという思いが強かったのです」

小夜子は手の平に載せられた白い布を見つめていた。自分たちはここから始まったのだと思えば感慨深い。重みも感じられない布片にすぎないのに、急に重量感を覚えた。

「これは……甲斐さんが持っていてください。その方が、私は嬉しい」

何年もの間、小夜子も知らないうちに二人の間を繋いでくれていたハンカチーフ。甲斐が持ち続けてくれた事実に胸が温かくなる。

「いいのですか？」

「ええ。むしろそうして欲しいのです」

小夜子が微笑めば、甲斐は心底嬉しそうな笑顔になった。そして恭しくハンカチーフをしまい込む。

「ありがとうございます。では代わりと言ってては何ですが、これを」

そう言って手渡されたものは、藤《ふじ》の花が描かれた髪飾りだった。どこか見覚えのある色柄に、小夜子は眼を見開いた。

「これは……」

ずいぶん以前、甲斐と二人で立ち寄った小間物屋にあった、店主の手作りという一品。つまりは同じものは二つとない。

「以前、じっと見てらしたでしょう？　購入したのはずいぶん昔なのですが、やっとあなたに贈ることができます。……気に入りませんか？」

「い、いいえ！」

不安そうに首を傾げる甲斐に向かい、小夜子は大きく頭を振った。

「でもどうして、これを？」

「貴女が心惹かれていたのかと思いまして……でも、渡すことなどできませんでした。兄に見つかれば事ですし、そんな出すぎた真似、許されるはずがありませんからね」

「私がこれを見ていたのに気がついてらしたんですか？　それにいつの間に……」

じわじわと嬉しさが込み上げて、小夜子の涙腺を刺激した。あの時、自分は見当外れな嫉妬に囚われていたというのに、こんなにも想われていたのかと、感激で身体の芯が熱を帯びる。

「好きな女《ひと》のことですから、もちろん気がつきますよ。買い求めたのは、あの雨の日です。小夜子さんが着替えている間に、ひとっ走り行ってきました。売り切れてしまっては大変ですから」

「ありがとうございます……嬉しい……っ」

小夜子は甲斐の大きな背中に手を回し、その広い胸へと頬ずりした。跳ね上がった鼓動が更に速度をあげる。

「……小夜子さん……、俺はもう……っ」

薄い布越しに甲斐の肌の熱さが伝わってきた。火傷しそうなほどの熱は、呼吸のたびに高まってゆく。

随分久しぶりの感覚に、小夜子の身体も解けて潤む。

「私も、甲斐さんが……」

今ほど、着物が邪魔だと感じたことはない。一糸纏わぬ姿で抱き合いたいという欲望が身のうちから湧き上がった。

何ものにも遮られずに、甲斐のすべてを感じ取りたい。

ゆっくり滑る大きな手が、小夜子を生まれたままの姿に変える。不要なものを取り払い、互いが一つに戻るために。

「ぁ……っ」

食まれた乳房から、甘い痺れが腰に溜まる。

柔らかく揉みしだかれる光景が淫靡で、見ていると泣きたくなってしまうのに、眼を逸らす勇気もないまま甲斐の愛撫を受け入れた。

大きな手ですくい上げられ、赤く色づいた乳頭を捏ねられる。自在に形を変える双丘《そうきゅう》は、どんどん敏感になっていった。

「あ、んん……ッ、ふぁ……」

「今夜が、本当の俺たちの初夜です。これまでのすべてを塗り替える、そんな夜にしたい」

情熱的に掻き抱かれ、甲斐の髪が小夜子の剝き出しの肌を擽った。

それさえも、快楽の階段を上り始めた小夜子には堪らない刺激となる。

「小夜子さん、どうして欲しいですか？　貴女の望み通りにしますよ」

「望みなんて……」

そんな淫猥な要求、できるはずがない。そもそも閨の知識に乏しい小夜子にあるのは、甲斐に与えられたものだけがすべてだ。

「顔が……見えれば、それで」

今までは伊織を楽しませるため、圧倒的に背後から貫かれることが多かった。それだと、甲斐の表情が窺えず不安になってしまう。

「同じことを考えていました。俺も、小夜子さんが感じて乱れる様を眼に焼き付けたい」

「……っ!?　そんな意味では……!」

まるで卑猥な目的があるように言われて、小夜子は焦って否定した。けれど、この上なく大切に扱われ敷布に倒された時には、期待で高鳴る胸をごまかしようもなかった。

「こうして見つめ合って、愛し合いましょうか」

「愛し合う……」

それこそが、今までとは一番違う。

淫らな戯れのためでも、家のためでもない。ただ、お互いが欲しいという原始的な欲求のままに抱き合うのは、なんて気持ちが良いのだろう。

心と身体が乖離《かいり》せず、共に同じ速度で熱くなる。

疼く下腹部から蜜が溶け出して、甲斐を受け入れる準備を整えた。

「嬉しいです。小夜子さんがこんなに感じてくれて」

小夜子の疼く場所に指を差し入れた甲斐は、透明な液体を纏った指を眼前に掲げた。薄闇の中、濡れた指がひどく淫らに浮かび上がる。

「いや……っ」

「どうして？　これは貴女が俺を快く思っている証でしょう？　以前ならば、こんなに早くは蕩けていませんでしたよ」

直接的な表現に面食らい、小夜子は思わず甲斐の体の下から逃れようとした。だが、いち早く気がついた彼は小夜子の肩を押さえてのし掛かる。

「もう、今更逃がしては差し上げられませんよ」

獣の本性を秘めた瞳が真上から見下ろしてくる。その中に僅かに揺れる不安を見つけて、小夜子は愛おしさが募るのを止められなかった。

「逃げません。私の居場所はここですから……」

たとえ彼の腕の外に出ることがあっても、帰ってくる。

自分の意思で、この安心できる場所へ。

見上げる視界の中で、黒い瞳がくしゃりと歪んだ。

「小夜子さん……」

「私を、貴方の妻にしてください」

性急に開かれた脚の間へ甲斐の手が這い回る。手の平全体で擦られ、もどかしい快感が湧き上がった。

「や、ぁあ……」

腹の奥が切なく求めるものは、先ほどから小夜子の腿辺りで熱く脈打っている。すでにこぼれた透明な雫が潤滑剤となり、硬い屹立が意味深に肌へとなすりつけられていた。

「いい香りだ……小夜子さんはいつも俺を興奮させる香りを放っている。だから、めちゃくちゃに喰らい尽くしたくなってしまう」

「だ、駄目、匂いなんて嗅がないで……っ」

耳の後ろへ鼻を埋められ大きく息を吸われては、擽ったいと同時に恥ずかしくて堪らない。頭を振って逃れようとしても、喉の奥で笑う甲斐に簡単にいなされてしまった。

「どうして？　酒なんかよりも、よっぽど酩酊《めいてい》する」

耳朶を食まれ、捻じ込まれた舌が直接脳に水音を響かせる。聴覚から侵されるような錯覚に小夜子は甘く息をついた。

「ふ……」

薄い下生えを掻き分けた甲斐の指が小夜子の敏感な粒を探り出し、愛液をまぶして上下に擦った。

その瞬間、耐えきれないほどの愉悦が弾ける。

「ひっ！」

「ここ、本当に弱いですね。小夜子さんは奥を突かれながら陰核も弄られるのが一番お好きでしょう？　今日はたっぷり可愛がってさしあげます。狂うほど乱れて……俺に溺れてください」

言うや否や、甲斐の指が隘路を割いた。

男性の中でも大きく太い彼の指は、二本も挿れられてしまえば、それなりの質量になる。

容赦なく内側の感じる場所を掻き回され、小夜子は身悶えた。

「や、ぁあッ、ぁ、あ」

ぐちゅぐちゅという聞くに耐えない水音がひっきりなしにかき鳴らされる。

小夜子の白い太腿を伝う蜜が量を増し、尻の下を濡らしていったが、そんなことを気にする余裕は微塵も残っていなかった。

「あっ、ィ……やめ……駄目っ……！」

「駄目？　こんなに気持ち良さそうなのに？」

甲斐の視線が注がれているのを強く感じた。

小夜子は閉じてしまいそうになる目蓋を押し上げ、彼の姿を探す。そこには、小夜子の痴態を余すところなく見届けようとする愛しい男がいた。

「や……っ、あまり見ないでぇ……ぁあああっ」

膨れ上がった羞恥とは裏腹に、貪欲な身体は簡単に昂ぶり詰める。むしろ見られているということを糧にして、いつも以上の絶頂感が小夜子を襲った。

「指を食い千切られそうだな」

情欲を乗せた甲斐の吐息が肌を炙り、まだひくつく小夜子の蜜壺を堪能するように抜き差しされる。

「あっ、今……動かさないでぇ……っ」

収まらない快楽は、苦痛にも似て小夜子を苛んだ。

開き っ放しになった口からはだらしない嬌声と唾液がこぼれてしまう。弛緩した両脚を開かれ、根元まで押し込まれた指が腹側を引っ掻いた。

「ひゃぅっ……！」

「ああ、俺の手首までびしょ濡れです。こんなに溢れさせて、小夜子さんは清純であると同時に淫婦のように俺を惑わせる」

そうさせているのは誰だ、と言いたいのに、小夜子はすっかり甲斐の手管《てくだ》に呑まれて我を忘れた。

一度達したせいで上手く力の入らない身体は、なすがまま貪られてゆく。

何よりも、小夜子自身が嫌だと思っていないのだから、容易に綻ぶ。気持ちが伴っているというだけで、得られる悦びは何倍にも増し、うねりながら小夜子を翻弄した。

「ふ、あぁっぁ！」

指よりも柔らかく生温かい器官に敏感な蕾を舐られ、休むことさえ許されずに小夜子は泣き喘ぐ。立て続けに与えられる快楽は、どれもが小夜子をおかしくさせるものばかりで、灯される淫らな焔は力を増すばかりだった。

「ん……中が締まりましたね。俺に舐められるの、そんなに良いですか？」

相変わらず指は蜜道を捏ね繰り回し、同時に秘裂の上に慎ましやかに存在する芽を舌で転がされて、小夜子の全身に玉の汗が湧き出した。

「……ぁ、アッ……それ、変になってしまいます……っ!!」

ぐりぐりと舌全体で押し潰され、尖らせた先で突かれ、唇で覆われ吸い上げられる。果ては甘噛みされるに至って、小夜子の限界は振り切れた。

「やぁああっ！」

敷布から背を浮き上がらせて痙攣し、弾ける光で音さえ消え失せる。宙を掻く脚は太腿を摑まれ、ふしだらな形に開かれた。

蜜口に当たる硬いものが何であるかはすぐに分かったが、今だ忘我の淵に漂う小夜子になす術はない。

「待っ……まだ、……」

今は待って欲しいと告げようとした声はあまりに弱々しく、止めようと伸ばした手は甲斐に握られ、強請るのと変わらない状態になった。

「小夜子さん、愛しています」

「あっ、ぁああ――――ッ！」

一気に奥まで貫かれ、それだけで頭は真っ白に染め上げられた。

押し上げられた内臓が苦しいのに、小夜子の内側は歓喜して甲斐を包み込む。すっかり彼の形に作り上げられたそこは、久し振りの来訪を大喜びで迎え入れた。

「……っ、きつ……ッ、小夜子さん……そんなに締めないで……」

「そんな、分からな……！」

汗を滴らせた甲斐は眉間に皺を寄せ、小夜子の腿を摑む手に力を込める。

その表情は凄絶な色香を漂わせており、小夜子は腹の底が疼くのを抑えられなかった。

「……っ」

「ぁ、ぁ……」

甲斐が身じろいだ刺激がそのまま直に快楽へと変換され、勝手に奥へと誘う動きになる。自分でも自覚できるほど淫猥に、彼の昂ぶりへと絡みついていた。

「ひどいな、小夜子さん……これじゃ動き辛い。まさか指どころか俺を食い千切るつもりじゃありませんよね?」

「……あ、ぅ……」

小夜子は言葉を返す余裕もなく、押し寄せる淫楽を受け流すのが精一杯で頭を振った。ぶるぶる震える腕は縋り付くよすがを求め、甲斐の背中に回される。

「ああ……やっと、だ。俺だけのものだ。もう誰にも触らせないし、渡さない……!」

「ぁ、あッ」

結合部の少し上、すっかり顔を覗かせた花芽を甲斐の指が嬲った。

止めどなくあふれる蜜を塗りたくり、円を描くような動きは的確に小夜子の理性を剝いでゆく。

「だ、駄目……っ! そんなにされたら、私……っ!」

「ええ。いってください。何度でも」

「あっ、あ、あ……ッ」

小刻みに揺する動きが、次第に荒々しいものとなる。引き抜かれる喪失感と押し込まれる圧迫感が繰り返され、互いの唇から漏れ出るのは荒い呼吸だけになった。

やがて、体内で甲斐のものが一際大きく跳ねる。小夜子は終わりの時を予感して、一緒に駆け上りたいという願いから、先に達してしまいそうになるのを必死に耐えた。

「んん……ふ、ぁッ」

「小夜子さん……ぁ、くッ、もう……！」

「……ッ！　あああ――ッ！」

何度目かも分からない絶頂感は深く鋭いものだった。嵐のような快楽の中で、小夜子は甲斐へしがみつく。

甲斐もまた、小夜子を強く抱き締めてくれた。放たれた精が奥へと注がれ、子宮を舐め尽くす。火傷しそうな熱液が腹の中を満たしていった。

「は……ぅ……」

暫くは指一本持ち上げられない気怠さが小夜子を苛み、甲斐の重みを受け止めて幸福感に包まれる。

お互いの荒い息だけが静寂を食い荒らし、濃密な性の匂いに酔いしれた。甲斐が呼吸を整えて小夜子の横に身を投げ出すまで、首に回した腕を解こうとは思わなかった。

とろとろと脚の間を小夜子自身の蜜と甲斐の白濁が混じり合ったものが流れ落ちる。重くなった目蓋が閉じられようとした。

「小夜子さん……もう一度したい。これだけじゃとても足りない。貴女がもっと欲しい」

「え……」

正直体力はもう限界だった。今すぐにでも眠りに落ちてしまいそうな倦怠感が燻っている。けれども、甲斐に応えたいという欲求が、小夜子の疲労感を超えた。

「はい……甲斐さんのお好きなように……」

はにかみつつ答えれば、甲斐が息を呑んだのが分かった。

「貴女は……、いつだって俺をかき乱す……っ」

「きゃ……!?」

弛緩していた小夜子の身体は甲斐に抱き起こされ、向かい合う形で膝に乗せられた。胡座をかいた甲斐の上に脚を開いて座っている状態なのが恥ずかしく、慌てふためく。

「このまま……挿れますよ」

「……ぁ、あっ」

持ち上げられた身体は、そそり立つ甲斐の上へと導かれた。小夜子を気遣ってか、緩やかな動きはもどかしく、先端が何度も入り口を捏ねる。

「小夜子さん、腰を落としてください」

「い、いや……無理……っ」

自分からなど、とてもできやしない。淫らすぎる要求に眩暈がする。それでも、わななく下腹部は満たされることを期待していた。

「お願いします。俺も……このままじゃ辛い」

一度欲を放ったというのに、甲斐の昂ぶりはまったく衰えていなかった。切なげに顰められた眉が官能的で、小夜子は操られるように膝の力を抜く。

「ふ、ぁ、あ……」

改めて見下ろし眼にした男性の象徴は、信じられないほど大きく、それが自分の中に今まで収まっていたなどとは到底思えない。恐怖を感じると同時に、募る欲求が新たな蜜を吐き出した。

「ああ……上手ですよ、小夜子さん」

先ほど注がれた白濁が押し出され、粘着質なとろみを持って小夜子の白い腿を汚してゆく。その淫猥な光景に甲斐は喉を鳴らした。

「あっ、あ、んぅ……っ」

ゆっくりと、でも確実に収められる屹立が小夜子の子宮を押し上げる。その間つぶさに観察されているのかと思うと、とんでもない愉悦が余計にこみ上げてきた。

「あと少しですよ」

「あ……これ以上は、怖い……っ」

「大丈夫ですよ。向かい合うのは初めてですが、座ったままつながるのは以前にも経験したでしょう?」

「でも……っ」

怯えを見せる小夜子に、甲斐は無理強いしなかった。ただ、「仕方ないですね」と呟き腰に手を添え、ぐっと下から突き上げる。

「……っ！　ああ――ッ」

「……は、ほら、できたでしょう？」

その言葉通り、小夜子は完全に甲斐の腿へ腰を下ろす形になっていた。肌に感じる彼の逞しい筋肉が、ぴくぴくと打ち震えている。

「ふ、深……っ」

「ええ。全部小夜子さんに包まれて、温かい……」

湿った呼気が小夜子の乳房へかかった。ゆったりとした律動で、二つの膨らみは誘惑するように揺れる。

「……ひ、ぁ、あ……」

「この体勢だと、小夜子さんの乳房が揺れるのがよく見える。とてもいやらしくて、綺麗です」

感嘆が込められた声に揶揄の色はなかった。淫らな小夜子も受け入れて、本当に賞賛してくれているのが伝わり、歓喜がこみ上げる。

このままでいいのだと判断して、小夜子は恐る恐る腰を使った。

「……っ、小夜子さん、そんなこと、どこで覚えたのですか？」

「ぁ、あっ、……甲斐さんにも……悦んでいただきたくて……っ」

「……！　本当に、貴女って人は……！」

突如、余裕をなくした甲斐にがつがつと挑まれ、小夜子は嵐の中に投げ出されて堪えきれずに嬌声を撒《ま》き散らした。

「あ、ああっ、ああ――――！」

「……ッく、」

再び熱い奔流が奥深くへ叩きつけられ、その衝撃で小夜子の意識は吹き飛ばされた。温かな腕の中へ崩れ落ちるように。


小夜子は朝の日課である、部屋に飾る花を選んでいた。

東雲家の庭は四季折々の草花が咲き乱れている。今の時期は梔子《くちなし》の花が白い六枚の花弁を広げ、甘い芳香を放っていた。

――こんなに穏やかな気持ちで朝を迎える日がまたくるなんて……

伊織へ嫁いだ日から諦めていた普通の日常がここにある。そんな幸せを噛み締めながら、夫である甲斐のために花を選ぶ。

近頃休みの日の彼は朝寝をすることが多い。明け方近くまで睦みあった翌朝は小夜子の方が起きられないが、時間さえあれば彼は二度寝をするのが好きらしい。

しかも、小夜子を腕の中へ抱き込んで眠るのが殊の外お気に入りだ。そんな甘えた姿を見せてくれるのも、自分を信頼してくれているからこそと思えば、頬が緩んでしまう。

――少しでも、甲斐さんが安らげるように。

彼のためにあれこれ考えを巡らせるのは楽しい。伊織との結婚生活では、そんな心の余裕は持てなかった。

――もしも、私がきちんと歩み寄り、伊織様を理解しようとしていたら、何か変わったかもしれないかしら……？

未だ行方不明の前夫を思い、小夜子の顔は暗く翳った。

考えても仕方のないことだとは分かっている。仮に時間を巻き戻せたとしても、同じ結末になる気がしてしょうがない。

落ち着くべくして落ち着いた、現状。

まるで何かに引き寄せられ、操られるように。

ただ一つ確かなのは、伊織が今でもこの家にいたならば、甲斐と結ばれるなどあり得なかっただろうということ。彼は離縁を決して認めてはくれなかっただろうから。

視界の隅では、尻から糸を吐き出した蜘蛛が頭上の枝から下りてきていた。

それは風に吹かれてなお、千切れることはない。ゆらりゆらりと風を受け流し、着実に望む場所へと移動する。

――地獄に落とされた救いの糸。

まさしく、小夜子にとっては甲斐がそれだ。

それ故、全力で縋り付く。

切れてしまわぬよう、慎重に。

――余計な欲なんてかかないわ。望むのは、甲斐さんと共に生きることだけ――

大それたものなど欲しくはない。小さな幸福だけがあればいい。

だから、僅かな違和感には眼を瞑る。

よりよい花を求めて、小夜子は裏庭まできてしまった。こちらに咲くのは野草に似たものが多いけれど、甲斐は取り澄ました花々より素朴なものが好きらしい。色は最近、白がお気に入りだ。盛りの花弁を物色し、思い直して蕾も摘む。

ふと、顔を上げた視界の先に、誰も使っていないはずの離れに向かう人影が垣間見えた。

それは長年東雲家に仕える女中だが、無口であまり他者とは馴《な》れ合わないと言われている中年の女だった。彼女は人目を避けるように周囲を気にしつつ、その手には膳のようなものが抱えられている。

そんな光景を眼にしたのは、これで三度目。

小夜子は数度瞬いた後、ゆっくりと眼を閉じた。

終章

東雲家の離れの奥に、地下へ続く階段があるのを知る者は限られている。

まずは東雲家の当主。許された極僅かな使用人。そしてそこで生きるのを余儀なくされた哀れな虜囚だ。

甲斐は頼りない光量を放つ洋灯《ランプ》を掲げ、慎重に階段を下りた。

岩をくり抜いて造られた壁は地下水が滲み、油断していると足を滑らせそうになる。湿気て澱《よど》んだ空気は、気持ちを陰鬱なものにするには充分で、一日中陽が差さないせいで外気よりも寒々しかった。

次第に深まる闇の中を下へと進めば、やがて平らな地面へと辿り着く。そこから右に折れ、真っ直ぐ伸びる道を暫く歩けば、目的の場所に着いた。

甲斐がこの場所について知らされたのは、先代の当主であった父親の今際《いまわ》の際《きわ》だった。

ここがどんな目的で造られ使用されてきたのかは知らないし、興味もない。ただ、伊織と甲斐、それぞれ一人ずつを寝所に呼びつけた父は、甲斐にだけこの件を告げた。それは、明確に跡取りを指名してこなかった父なりの意思表示だったのかもしれない。

けれど当時の甲斐は東雲の家になど何の興味も執着もなかった。当主の座になど魅力は感じていなかったし、伊織が欲しいと言うのなら好きにすれば良いと心底思っていた。煩わしいというのが偽らざる本音で、託された秘密は無意味なものでしかなかったのだが
――今は、ありがたいと感謝さえしている。

「やぁ、兄さん。不自由はない？」

甲斐は、檻の中で蠢く人影に声をかけた。

「ああ……喋らなくてもいい。と言っても、喉を潰されているんだから話せないだろうけど」

「ぐ……」

暗闇の中から獣が唸るような声が聞こえた。同時に檻を摑む白い手が現れ、苛立たし気にがちゃがちゃと揺さぶる。

「元気そうでよかった。……お前にはまだ生きていて欲しいんだ。でないと、俺の気がおさまらない」

仮初めにも浮かべていた笑みを消し去り、甲斐の声は平板なものとなる。

饐《す》えた臭いが漂う暗がりから、幽鬼じみた眼が光っていた。

「どうして自分がこんな目に、とでも言いたげだな。……お前にはきっと一生理解できな

いのかもしれない」

「ざ……ょ、お……？」

「小夜子さん？　ああ、もちろんそれが一番の理由だ。お前の彼女へ対する所業は許しがたい。何度殺してやろうかと思ったか、数えきれないよ。尤も、それについては俺も同罪だから、俺はこれから一生をかけて小夜子さんに償ってゆくつもりだ。でもお前はそんな殊勝《しゅしょう》な心は持ち合わせていないだろう？　――――何よりお前がいては、俺たちはいつまで経っても一緒になれやしない」

いっそ一息に殺《あや》めてしまおうかと考えたこともあったが、それだけでは拭いされない恨みが甲斐の中には凝《こご》っていた。

だから、敢えて生かす道を選んだ。ただし、それは死ぬより辛い。

「母さんの事故、あれはお前たち母子《おやこ》の企みだったんだろう？　子供は不幸にも偶々巻き込まれたに過ぎない。最初から母さんが――――いや、俺が狙いだったはずだ」

「……！」

「お前たちにとっては、目障りな存在だからな。死んでも構わないとでも思っていたんだろう？　思惑が外れて、俺は無傷だったが代わりに母さんが大怪我を負った……あの事故以来、母さんは好きだった踊りもできやしない。一見気にしていないようにみえるけれど、今でも寒い日には痛みに呻いているよ。……絶対に許さない」

笑顔と呼ぶにはあまりに陰惨に唇を歪め、甲斐は冷え切った眼差しを兄へ向けた。

のをただ見ているといい」

「だから簡単には死なせやしない。お前はここで、小夜子さんと東雲家が俺のものになる

「ぅ……ゔぅ……」

「ゔぁあっ」

怒りに任せて伊織は檻を殴りつけた。鈍い音が岩壁に反響する。

「心配せずとも食事は運ばせるし、生きるのに困らない程度には面倒を見る。本当なら、眼も潰してやろうかと考えたんだ。小夜子さんの綺麗な身体を、その邪な眼玉《めだま》で汚したのだからね。でもそれだと、日常生活に支障が出るだろう？　余計な世話人を増やさなければならなくなってしまうからやめたんだよ、感謝して欲しいな。兄さんにはできるだけ長く、元気でいてもらいたいし。……まぁ、本当は下手に視力を奪って、思い出に耽られるのが嫌だったのもあるけれど。記憶の中で、繰り返し小夜子さんを舐め回されたくはないから。――それじゃ、俺は忙しいから行くよ。昨日は小夜子さんと祝言を挙げたんだ。彼女が目覚める前に戻らなくては」

伸びた伊織の爪を避け、甲斐は一歩下がった。

そして踵を返す。

「また来る。それまで元気で」

獣の咆哮《ほうこう》を背に、甲斐は振り返らずに地上への道を急いだ。

愛しい女の眠る部屋を目指して。

あとがき

初めましての方も、そうでない方も、こんにちは。山野辺《やまのべ》りりと申します。

この度は『みせもの淫戯《いんぎ》』を手にとっていただき、ありがとうございます。

まだ読んでいらっしゃらない方にネタバレとならないよう詳しくは語れませんが、今回ヒロインとんでもなく酷い目にあっていますね……！　なんて可哀想……！

右を見ても左を見ても、危険な肉食獣しかいない。全員どこか歪んでいる……

でもね……書いていて、とっても楽しかったです。どの子も、いい働きをしてくれました。予定以上に凄い行動をしてくれたので、むしろ愛おしくてなりません。

思い返してみれば、友人たちとの「複数物って、参加してない人は文章に表れていない間、何してるんだろうね？」という疑問から始まったのが『みせもの淫戯』です。

……ええ、すいません。そんな愉快な会話を交わす素敵な仲間たちです。

「うーん……手拍子じゃない？」

と天才的な回答を得て、その場は爆笑に包まれました。

そして上記の話を担当様にしたところ、「何言ってるんですか!?　全員参加ですよ！」

という衝撃的発言をされたのが後日談です。

成る程……深いな。

手拍子か……そういうお話、乙女系ではあまり見たことないな。でも複数物はハードル高いし、難しそう。だけど何か浮かんできた！　この閃き無駄にしたくない！　と、一人盛り上がった結果です。

ただし、このお話、複数物ではありません。大事なことなので、もう一度言います。

複数物ではありません。

ただ手拍子係がいるだけです。

このプロットが通った時、正直「ソーニャ文庫さん……男前だな……!!」と思いました。

いや、担当様は女性なんですが。

ある意味合法的な不貞行為。しかも夫の目の前で。倒錯的です。

そんな話（どんな？）ですが、少しでも楽しんでいただけたら嬉しいです。

淫靡でありながら華やかなイラストを描いてくださった田中琳《たなかりん》先生、ありがとうございます。甲斐がすごくイケメン……小夜子も愛らしい。ニヤニヤしながら、何度も見ています。これなら、おかしい人が寄って来ても仕方ないよね！　と思いました。

担当のN様、いつもご迷惑お掛けして申し訳ありません。感謝しています。足を向けて眠れません……

そして読んでくださった、皆々様。どす黒い世界へようこそ。でもきっと受け止めてくれると信じています……！

ここまでお付き合いいただけたことに、心よりの謝意を。

またお会いできることを祈って。

この本を読んでのご意見・ご感想をお待ちしております。

◆ あて先 ◆

〒101-0051
東京都千代田区神田神保町2-4-7 久月神田ビル7階
㈱イースト・プレス　ソーニャ文庫編集部
山野辺りり先生／田中琳先生

みせもの淫戯《いんぎ》

2015年5月3日　第1刷発行

著　者　山野辺りり《やまのべ》
イラスト　田中琳《たなかりん》　カラー協力：さくもゆき
装　丁　imagejack.inc
DTP　松井和彌
編　集　馴田佳央
発行人　堅田浩二
発行所　株式会社イースト・プレス
〒101-0051
東京都千代田区神田神保町2-4-7 久月神田ビル8階
TEL 03-5213-4700　FAX 03-5213-4701
印刷所　中央精版印刷株式会社

ISBN 978-4-7816-9552-5
定価はカバーに表示してあります。

Sonya ソーニャ文庫の本

『影の花嫁』 山野辺りり

イラスト 五十鈴